KB141532

자료 찾기가 어렵습니다

자료 찾기가 어렵습니다

초판 1쇄 발행 2019년 07월 10일
2판 1쇄 발행 2022년 07월 01일

지은이   고영리
발행인   조상현
마케팅   조정빈
편집인   김유진
디자인   김희진

펴낸곳   더디퍼런스
등록번호   제2018-000177호
주소   경기도 고양시 덕양구 큰골길 33-170
문의   02-712-7927
팩스   02-6974-1237
이메일   thedibooks@naver.com
홈페이지   www.thedifference.co.kr

ISBN   979-11-6125-353-4 03800

| 더디 | 더디퍼런스 | 마이북 |

자료 찾기가
어렵습니다

제대로 된
자료 찾는 법

고영리 지음

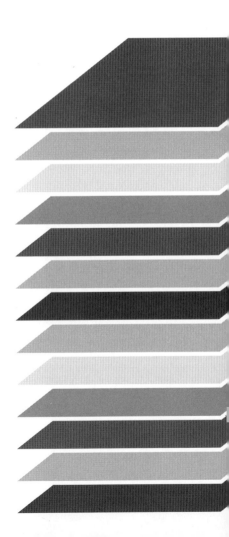

덤

차례

제대로 된 자료 찾기

얼마 전, 모 SNS에서 '개인 정보 유출'에 대해 일목요연하게 정리된 내용이 올라온 적이 있었다. 그 내용에 의하면, 해당 사이트의 운영 시스템 중 특정 부분 때문에 개인 정보가 유출될 가능성이 높고, 일부 유출이 되었으며 그 이후에 끼칠 영향은 이러저러하다는 것이었다. 그리고 유출 피해를 막기 위해서 각자가 해야 할 조치가 상세하게 안내되어 있었다. 꽤 신뢰성 있는 근거 자료와 기관 이름이 나열되어 있었고, 이를 공유하는 사람들 역시 어느 정도 학식 있고 상식도 있는 사람들이었다.

필자는 당연히 개인 정보 유출이 걱정되어, 그 내용을 읽고 또 읽으며 사실 확인을 해 보았다. 그 내용은 믿을 만해 보였고, 급한 대로 개인 정보 유출을 막기 위해 그 글에 쓰여 있는 대로 몇 가지 사항을 수정했다.

하지만 나중에 알고 보니 그 모든 것이 거짓이었다. 오히려 수정한 것 때문에 추후 몇 개의 사이트를 사용하는 데 불편만 생겼을 뿐, 우려했던 대로 개인 정보가 함부로 빠져나가거나 악용될 만한 것은 아니었다. 다만, 확인되지 않은 사실이 '정보'처럼 꾸며진 채 주어졌고, 이 거짓 정보가 SNS라는 매체의 특성대로 무작정 퍼 날라졌으며, 이후에는 사실처럼 일파만파 퍼져 나간 것이다. 누구 하나 사실 확인을 하지 않은 셈이다. 아니, 필자처럼 사실 확인 절차를 거쳤어도 결국 찾아내지 못한 사람들이 많았을 것이다. 결국 그 해당 사이트에서 공식적으로 '거짓된 이야기'라고 선언한 뒤에야 상황은 종료되었다.

한 번은 이런 일도 있었다.

대학교에서 강의를 하던 중, 한 학생이 프로젝트 발표를 하면서 근거 자료로 제시한 것이 어딘가 좀 이상했다. 한 해에 국내에서 소비되는 닭의 마릿수에 대한 자료였는데 그 수가 아무리 생각해도 좀 과하다 싶을 정도로 컸다.

숫자에 대한 감각이 예민하지 않고 오히려 무딘 편에 가까운 필자가 들어도 그 정도 수량이면 1살부터 80살까지 대한민국 모든 국민이 하루에 닭을 세 마리씩 먹어야 가능한 수였다. 1인 1닭이라는 말이 자연스러울 정도로 닭의 소비가 증가했다고는 하지만 그럼에도 불구하고 믿기 어려운 수치였다.

결국 발표를 잠깐 멈추게 하고, 근거로 찾은 자료를 보여 달라고 했다. 그러자 그 학생은 아주 당당하게 한 사이트를 열어서 보여 주었다.

꽤 신뢰감 있게 만들어진 사이트였고 언뜻 보기에 온갖 그래프와 수치가 빼곡한 통계 사이트처럼 보였다. 순간 무척 당황스러웠다.

'아니, 그럼 나 빼고 모두가 닭을 하루에 세 마리씩 먹는다는 거야?'

'군대에서 많이 먹나?'

'급식용 닭인가?'

'수출하는 것까지 포함인가?'

이처럼 오만 가지 생각을 하며 사이트를 살펴봤다. 그리고 그 사이트의 이름을 또 다시 '검색'하기 시작했다. 십여 분에 걸친 교차 조사 결과, 그 사이트가 '가짜 정보'를 만들어서 그럴듯하게 제시하는 곳임을 알게 되었다. 필자는 물론 발표를 준비한 학생, 함께 수업을 듣던 학생까지 모두가 충격 아닌 충격을 받으며 그날 수업이 마무리되었다.

전자와 후자의 경우 모두 제대로 된 사실이 아닌 것을 자료로 삼아서 벌어진 일이었다. 요즘은 자료가 없어서 고민하는 일보다, 제대로 된 자료를 찾는 경로가 애매해서 겪는 실수가 더 많다. 수많은 자료 속에서 자신이 원하는 자료를 제대로 찾아내는 것! 그것이 훨씬 더 중요한 시대에 살고 있는 셈이다. 이 책을 통해 제대로 된 자료를 찾는 방법을 알아보자.

01

자료란 무엇인가?

자료를 주세요

"자료 좀 찾아와."

"자료가 있어?"

"근거 자료가 뭔데?"

"자료가 있으면 더 좋을 것 같은데."

"자료만 있으면…."

"자료가 좀 부족해서 신뢰가 안 가네."

학교에서 사회생활에 이르기까지 우리는 '자료'에 대한 얘기를 수도 없이 듣는다. 그렇다면 과연 '자료'란 무엇일까?

자료의 사전적인 의미는 '연구 조사의 바탕이 되는 재료'이다. 바탕이 되는 재료라는 말은 가공되지 않은 날것 상태의 다양성을 의미한다. 때문에 형태도 규정되어 있지 않다.

글, 영상, 사진은 물론이고 녹취된 음성이나 메모, 1차적인 조사를 통해 얻어 낸 수치 등도 자료에 포함될 수 있다. 도표나 지도, 그리고 드물기는 하지만 실물로 볼 수 있는 것도 자료이다.

하지만 이런 자료는 말 그대로 기본 정보일 뿐, 이를 활용하기 위해서는 정리하고 모으고 가공해야 한다. 자료가 이런 과정을 거쳐 일정한 꼴을 갖춘 상태를 우리는 '정보'라고 한다. 때문에 자료를 다른 말로는 로우 데이터(raw data), 즉 가공을 거치기 전의 날것인 상태이다.

결국 '자료란 무엇인가?'라는 질문에 대한 대답은 '정보를 만들기 위해 1차적으로 수집해야 하는 다양한 형태의 사실'이라고 할 수 있다.

자료의 역사

역사를 위해 자료를 수집한다는 것은 익숙해도, 자료에 역사가 있다는 개념은 생소할 것이다. 하지만 모든 것에는 그 시작이 분명히 있으므로 자료라는 것에도 시작은 있을 것이다. 그렇다면 자료의 시작은 어디서부터일까?

아마 인류가 처음 지구상에 나타나 삶을 시작한 순간부터 자료의 역사도 시작하지 않았을까 싶다. 앞에서 자료라는 것에 정의를 부여하길 '정보를 만들기 위한 다양한 형태의 사실'이라고 했다. 사람들이 모여서 생활을 하기 시작하면서 정보는 때로 목숨만큼이나 중요한 가치를 지니곤 했다. 어떤 풀을 먹으면 배가 아프다가도 괜찮아지고, 어떤 열매를 먹으면 갑자기 기운이 펄펄 나고, 어떤 고기는 익혀 먹어야 맛있는데 어떤 고기는 날것으로 먹어야 더 맛있다는 등의 '정보'는 비슷한 류의 다양한 '자료' 안에서 온갖 시행착오를 겪은 후에야 비로소 정제되어 전달되었다.

아마도 우리가 알고 있는 수많은 정보를 위해 분명 어디선가 오랜 시간에 걸쳐 다양한 자료를 검토하고 또 검토했을 것이다. 어쩌면 우리가 아무렇지도 않게 말하는 많은 것들, 생활의 지혜라고 생각하거나 아무 생각 없이 받아들이는 다양한 것들은 수천 년에 걸쳐 쌓여 온 자료가 만들어 낸 정보일 것이다.

그렇게 생각한다면 자료는 인류의 탄생 때부터 함께 시작해 온 인류와 동일한 역사를 가지고 있는 것으로 생각할 수 있다.

인류는, 자료와 함께 살아온 셈이다.

자료는 왜 필요한가?

자료가 무엇인지 알았다면 그다음에는 '자료를 왜 찾아야 하는지'를 생각해 볼 차례이다.

다시 위의 질문으로 돌아가 보자.

"자료 좀 찾아와."

"자료가 있어?"

"근거 자료가 뭔데?"

"자료가 있으면 더 좋을 것 같은데."

"자료만 있으면….”

위 질문을 한 번 더 생각해 보았다면, 이번에는 "왜?"라는 말을 붙여 보자.

자료는 왜 찾아야 할까? 왜 자료가 있어야 할까? 왜 근거 자료를 물어볼까? 왜 자료가 좀 더 있으면 좋은 걸까? 왜 자료만 있으면 될까?

자료를 찾아야 하는 이유를 한 번이라도 생각해 보았다면 금세 답이 나올 것이다. 하지만 자료가 꼭 필요하거나 누군가 가 시켜서 그것을 찾았다면 정확한 답을 말하기가 어려울 것 이다.

만약 대답이 선뜻 나오지 않는다면 다음 글을 보고 답을 찾아보자.

메리는 초조했다.

재판은 불과 두 시간 뒤였다.

모든 정황 증거는 확실했다. 그런데 단 하나. 그가 일을 지 시했다는 정확한 사실 증명 하나가 부족했다.

구천구백구십구 개 퍼즐 조각은 모두 있는데, 한가운데 있어 야 할 한 조각이 없어 완성되지 못하는 상황과 똑같았다. 이 대로라면 나머지 조각들 역시 연결되지 못한 채 우르르 무너 져 내릴 것이 분명했다.

메리는 살면서 이토록 간절하게 무엇인가를 바란 적이 없었다.

그가 지시한 내용이 담긴 쪽지 한 장.

그가 지시하는 장면이 녹화된 몇 초짜리 영상 하나.

그가 지시할 때의 정황이 녹음된 단 두 마디로도 괜찮은 음성 파일 하나.

그가 지시하는 현장이 찍힌 사진 한 장.

혹은 그가 만났던 사람의 "저 사람이 시켰습니다."라는 한 마디도 좋았다.

그 무엇이라도 상관없었다.

그 자료만 있다면 잔인하고 무고하게 열두 명의 아이들을 죽인 살인범으로 그를 잡을 수 있기 때문이다.

실제로 이와 같은 상황이 벌어진다면 '자료'는 곧 증거가 되고, 이 증거는 주인공(실제 상황에서는 자료가 필요한 '나'라고 생각해 보자.)에게 그 무엇보다 강력한 무기가 되어 줄 수 있다.

아마도 이 글의 주인공은 연쇄 살인마를 잡아넣기 위해 고군분투하고 있을 것이다. 심정적인 확인은 모두 끝났는데 자신의 주장을 증명할 만한 명확한 '자료'가 없어서 마지막 한 방을 날리지 못하고 있다.

이렇게 극한 상황이 모두에게 자주 벌어지는 것은 아니지만, 이 글에서 알 수 있는 것처럼 자료는 '내가 주장하고자 하는 혹은 증명하고자 하는 것을 뒷받침해 주는 재료'이다.

즉, 근거와 논리가 되어 주기 때문에 타당성을 만들기 위한 가장 기초적인 준비물이 되는 셈이다.

그렇다면 근거와 논리는 왜 필요할까. 바로 누군가를 설득하기 위해서이다. 꼬리에 꼬리를 무는 질문과 대답이 될지도 모르지만 좋은 자료, 최소한의 자료가 필요한 이유를 찾아가다 보면 그 근원에 답이 숨어 있다.

최소한의 자료가 필요하다. → 자료를 근거삼아 증명해야 할 것이 있다. → 증명해야 하는 것은 누가 보아도 타당해야 한다. → 타당성을 근거로 설득해야 한다. → 설득하여 자신이 원하는 것을 얻어야 한다.

이것이 자료가 필요한 이유이고, 자료가 존재하는 이유이다. 그리고 좋은 자료를 적절하게 수집해야 하는 이유이기도 하다. 자료는 자신의 의견과 주장에 타당성을 더해 자신을 포함한 모두를 설득하기 위해 필요하다.

자료를 통해 해야 할 것들

자료를 통해 자신을 포함한 누군가를 설득해야 한다고 했다. 그렇다면 설득을 위해서는 반드시, 꼭, 필수적으로 '자료'가 필요할까? 솔직히 그건 아니다. 왜냐하면 설득의 방법에는 감성적인 설득과 논리적인 설득이 있기 때문이다.

우선 감성적인 설득은 최근 들어 마케팅에 자주 활용되는 방법 중 하나이다. 스토리텔링을 활용해서 마음을 움직이고 공감하도록 해서 상대를 설득하는 방법이다. 뭉클한 이야기나 반전을 활용해서 인상 깊게 남기는 방법을 종종 활용한다.

가끔 눈물이 그렁그렁한 눈으로 화면 밖을 응시하며 말없이 마른 몸을 보여 주는 장면이 나오는 광고가 있다. 이런 광고에서는 자료를 크게 활용하지 않는다. 다만 당신이 마시는 커피 한 잔이 이 아이를 살릴 수 있을 거라는 감성적인 대사뿐이다.

이때 커피 한 잔의 기준이 믹스냐, 카페에서 먹는 것이냐, 명망 있는 바리스타가 귀한 원두를 사용해서 핸드드립으로 내려 준 한 잔 값이냐를 따지는 사람은 없을 것이다. 그리고 그 한 잔이 어떻게 아이를 살릴 수 있는지 수치로 요구하는 사람도 없다. 비록 자료는 미약하지만, 불쌍하고 안쓰럽다는 감정이 들기 때문에 돕게 되는 것이다. 이 경우에는 '자료'가 큰 역할을 하지 못한다.

반면 논리적인 설득은 말 그대로 빼도 박도 못하게 확실한 증거와 함께 이성적으로 설득하는 방법이다. 이때 필수적인 것이 바로 자료이다. 정확한 수치나 설문 등의 조사 자료를 함께 제시할 때 사람들은 머리로 먼저 이해를 하게 된다. 때문에 감정적으로 동의를 하지 않더라도 머리로 이해를 하고 움직이게 된다. 이성적 설득이 가능해지는 것이다.

예를 들어, 새 스마트폰이 너무나도 갖고 싶은 학생이 있다. 부모님에게 스마트폰을 사 달라고 하기 위해 다음 두 방법 중 하나를 쓴다고 가정해 보자.

① 감성적인 설득 방법

부모를 붙들고 스마트폰이 얼마나 필요한지, 이게 없으면 친구들과의 관계가 얼마나 힘들어지는지 눈물을 흘리며 조를 것이다.

② 논리적인 설득 방법

온갖 사이트를 뒤져 자기에게 유리한 자료들을 찾아낼 것이다. 청소년기에 있어 교우 관계가 얼마나 중요한지에 대한 통계를 찾을 것이고, 요즘 아이들이 스마트폰이라는 디바이스를 통해 얼마나 다양하게 소통하고 있는지 찾을 것이다. 그리고 생각보다 스마트폰의 사용 시간이 많지 않다는 자료도 찾아서 근거로 제시할 것이다.

이처럼 자료는 자신의 주장을 뒷받침하게끔 마련하는 재료들이다. 때문에 정확한 내용을 담은 것, 그리고 자신이 주장하는 것에 부합하는 것을 찾는 것이 무엇보다 중요하다.

감성적인 자료란 없는 것일까?

그렇다면, 감성적인 동의를 구할 때는 '자료'가 없어도 될까?

앞에서 했던 말을 뒤집는 것이 될 수도 있지만 예로 들었던 광고를 다시 한 번 생각해 보자. 눈물이 그렁그렁한 아이가 아무 말 없이 화면을 바라보고 있다. 그리고 '당신이 마시는 커피 한 잔이 이 아이를 살릴 수 있습니다.'라는 카피가 한 줄 나온다.

다시 한 번 말하지만 이 광고의 목적은 정확하게 '커피 한 잔 값' 정도 되는 후원금을 요청하는 것이다. 광고를 본 누군가가 후원을 해야겠다는 마음을 먹게 하고, 직접 전화를 걸거나 애플리케이션을 설치해서 '시간'과 '노력'을 들여 무언가를 하게끔 만드는 것이 목적이다.

목적을 성취하기 위해서는 반드시 주장하는 바를 증명할 '자료'가 필요한데, 앞서 말했듯이 이 광고에서는 드러나는 '자료'를 찾기가 어렵다. 그러므로 여기서 자료란 그 커피 한 잔 값이 얼마인지, 아이가 그 정도 금액으로 어떻게 살 수 있는지, 아이를 살리기 위해 그 돈이 들어가는 이유가 무엇인지에 대한 자료이다.

하지만 보는 사람에게 그 '자료'가 드러나지 않았다고 해서 감성적 동의를 구하는 이 광고에 자료가 활용되지 않았다는 말은 아니다. 역으로 따져 보면, 한 아이를 구하기 위한 금액이 한 달에 15만 원쯤 든다는 통계 '자료'에 의거 이를 한 달 평균인 '30일'로 나누니 하루에 '5,000원' 정도의 금액이 나온다는 '자료'가 선행되어야만, '그렇다면 5,000원으로 할 수 있는 가장 흔한 것은 무엇일까?'라는 그다음 '자료 찾기'가 시작된다.

후원을 하는 주 연령대의 사람들이 매일 부담 없이 할 법한 인형 뽑기, 햄버거 사 먹기, 한 끼 식사, 프랜차이즈 커피 전문점의 평균 커피 값 들이 '자료'로 수집되었을 것이고, 그 중 가장 빈도수가 높은 것을 조사한 것이 '핵심 자료'가 되었을 것이다.

이들 자료를 기초로 해서 도출된 것이 바로 '하루 한 잔 커피 값을 한 달간 모으니 한 아이의 후원금이 된다.'라는 결론이고 이를 표현하는 방식으로 감성적인 방법을 선택한 것이다.

즉, 감성적인 표현으로 보이는 것들도 그 바닥에는 '자료'가 반드시 존재한다. 그저 다가가는 방식이 다를 뿐이다.

02

어떻게 찾을까?

좋은 자료란?

좋은 자료를 찾을 수 있는 방법을 고민하기 전에 먼저 좋은 자료에 대한 정의를 내려 보자. 좋은 자료란 무엇일까? 머릿속을 휘도는 다양한 생각들이 많겠지만 답은 의외로 간단하다.

좋은 자료란 지금 자신이 하고자 하는 이야기(주장)를 잘 뒷받침해 줄 수 있는 재료이다. 아무리 귀한 정보여도 자신이 하려는 이야기와 부합되지 않으면 그 정보는 좋은 정보라고 할 수 없다.

예를 들어 풍력발전소 건설 반대에 대한 자료를 찾고 있다고 가정해 보자. 사방팔방으로 풍력 발전에 대한 자료를 찾다 보니 정말 귀한 정보, 또는 아무도 모를 것 같은 희귀한 정보를 찾게 되었다.

헌데 그 자료에 담긴 내용이 풍력 발전의 장점, 그것도 어마어마한 장점을 명확하게 증명한 내용이었다. 그 자료에 따르면, 인류가 마지막으로 선택해야 하는 에너지 생산 방식은 오직 풍력 발전이다. 이 자료는 과연 좋은 자료일까?

그렇지 않다.

자료 자체로만 보면 귀하고 훌륭한 자료일 수 있다. 하지만 자료를 찾는 목적에는 부합하지 않기에 이는 좋은 자료라고 하기 어렵다. 가끔 이런 자료들을 버리기가 아까워서 수집한 자료 사이에 끼워 맞춰 쓰는 경우가 있다. 그러나 이는 자칫 논조를 흐리게 하는 '쓸데없는 정보'가 된다. 때문에 좋은 자료를 찾기 위해서는 먼저 선행되어야 할 것이 있다.

자신이 찾아야 하는 자료가 '무엇을 위한 것인지' 확고하게 정하는 것이다. 그러기 위해서는 자신이 하고자 하는 이야기가 명확해야 한다. 즉, 주제를 잘 잡아야 한다는 말이다. 주제를 잡은 후에는 무조건 그 주제를 증명하는 것에 집중해서 자료를 찾아야 한다. 간혹 다양성을 보여야 할 경우에는 주제를 반하는 자료를 찾아 덧붙여야 할 때도 있다. 이럴 때는 그 자료만 따로 선별하고 배치하는 것이 필요하다.

정리하자면, 좋은 자료는 '자신이 하고 싶은 이야기를 당당하게 증명해 주는 사실들'이라고 할 수 있고 좋은 자료를 찾는 첫 번째는 '그 사실들을 필요로 하는 명확한 주제 잡기'라고 할 수 있다.

자료에 따라 바뀌어야 하는 주장

앞의 풍력발전소 예시는 주장하는 바를 증명하기 위해 필요 없는 자료를 버려야 한다는 뜻이다. 하지만 때로는 자료 때문에 오히려 주장이 바뀌어야 할 때가 있다.

대표적인 예로 범죄 수사가 그렇다.

영화나 드라마에서 수사물을 볼 때 가장 많이 나오는 대사 중 하나가 '증거를 따라가라.'라는 말이다. 사람은 누구나 자신이 익숙한 것, 한 번 봤던 것, 들어본 것, 그럼직한 것, 상식적인 것에 마음의 무게를 두게 된다. 이 무게의 균형을 잡게 해 주는 것이 객관적인 자료인데, 때로는 이 자료가 의외의 결과로 우리를 이끌 때가 있다.

때문에 결과를 바르게 도출하기 위한 목적으로써의 자료는 철저하게 자료만 가지고 분석, 이를 통해 증명을 쌓아 나가야 한다. 섣부르게 먼저 판단하여 거기에 맞춘 자료를 찾거나 자신이 원하는 방향을 설정하고 자료를 수집하는 것이 아니라, 자료가 이끄는 방향으로 가야 한다는 것이다.

그래서 수사물이나 추리물에서 활용되는 자료는 극의 긴장을 만들어내는 요소가 된다. 무난하게 갈 수 있는 이야기도 극중에서 드러나는 '자료'에 의해 미궁으로 빠지거나 반전이 만들어지기 때문이다.

이는 현실에서도 마찬가지여서 때로는 자기주장을 증명하기 위해 선별된 자료가 아닌 자료가 선행되어 이로 인해 주장이 만들어질 때가 있다.

그리고 이럴 때 역시 자료를 제대로 묶어 주제를 도출해 내는 것이 무엇보다 중요하다.

자료를 빛나게 하는 첫 번째 방법 '묶기'

주제를 잡는다는 것은 하고 싶은 말, 증명하고 싶은 사실이 정확하다는 것을 의미한다. 그렇다면 주제를 잡고 자료를 모으기 시작했을 때 필요한 것은 무엇일까?

바로 자료를 묶는 것이다. 다음 예시를 한 번 살펴보자. 단, 다음 예시 글에 나오는 수치는 임의적인 것이다.

1

애견 인구가 기하급수적으로 늘어나고 있다. 통계에 따르면 5년 전에 비해 1000배 이상 늘어난 수치를 기록하고 있다.

그와 더불어 애견으로 인해 갈등하는 사례도 함께 늘어나고 있는데, 이는 애견 인구가 늘어나는 만큼 동반 성장해야 할 에티켓 학습이 부족한 까닭이다. 전년 대비 애견으로 인해 갈등을 겪은 사례는 287% 이상 늘었다.

애견 인구의 증가로 작년 대비 우리나라의 애견 시장은 178% 이상 증가했다. 애견 관련 산업 역시 동반 성장했는데 이는 3년 전 대비 400% 이상 성장한 기록이다.

그리고 유기견 역시 증가 추세를 보였는데, 특히 올 여름은

역대 최대로 전년 대비 약 14,000마리 이상의 유기견이 발생한 것으로 조사되었다.

2

애견 인구가 기하급수적으로 늘어나고 있다. 통계에 따르면 5년 전에 비해 1000배 이상 늘어난 수치를 기록하고 있다. 애견 인구의 증가로 작년 대비 우리나라의 애견 시장은 178% 이상 증가했다. 애견 관련 산업 역시 동반 성장했는데 이는 3년 전 대비 400% 이상 성장한 기록이다.

반면, 애견 인구의 증가로 인한 부정적인 상황도 늘어나는 추세이다. 전년 대비 애견으로 인한 갈등은 287% 정도, 유기견 역시 전년 대비 14,000마리 정도 증가했다.

1번과 2번 모두 동일한 정보가 들어간 글이다. 이 정보를 위해 수집한 자료는 다음과 같이 정리할 수 있다.

- 애견 인구의 성장률: 전년 대비 1000배
- 애견 시장 성장률: 178%
- 애견 관련 산업 성장률: 3년 전 대비 400% 이상
- 애견으로 인한 갈등: 전년 대비 287%
- 유기견 증가 추세: 전년 대비 14,000마리 이상 증가

분명 두 글에 모두 같은 정보가 동일하게 들어가 있다. 그런데 글을 읽고 난 느낌은 다르다. 1번 글은 무엇을 말하고

자 하는지 정확하게 잡히지 않는다. 그래서 애견 시장이 좋다는 건지, 아니면 부정적인지 확실하지 않다. 관련 자료가 산발적으로 흩어져 있기 때문이다.

반면 2번 글은 자료가 비슷한 것끼리 묶여 서술되어 있다. 먼저 애견 인구 증가로 인한 애견 시장과 산업의 성장률을 앞에 배치하여 긍정적 자료를 한데 모아 놓았다. 또한 뒤쪽에 '이런 정보도 있다!'라는 느낌으로 부정적인 내용을 수치 기록과 함께 압축해서 덧붙여 두었다.

때문에 2번 글은 애견 시장의 긍정적인 성장 부분이 훨씬 부각되면서 반대 자료를 통해 다른 성장의 이면을 환기시켜 주는 정도로 마무리하고 있다. 때문에 정보가 좀 더 정리되어 제공되는 것처럼 보이고, 실제로도 받아들이기가 훨씬 수월하다. 산발적으로 펼쳐진 자료들을 분야별로 묶는 것, 이 것만으로도 정리된 느낌을 줄 수 있다.

이렇게 비슷한 것끼리 묶은 자료는 자료를 넘어 정보의 형태를 갖추게 된다.

자료를 잘 묶는 방법 중 하나는 '집합' 그림을 그려 보는 것이다. 최소 3~5개 동그라미를 서로 겹치게 그린 후 분류된 자료의 큰 범위를 정리해 보는 것이다. 동그라미가 겹치는 곳에는 어느 한쪽으로 분류하기가 애매한 자료 혹은 중복되는 자료를 넣으면 된다. 이렇게 그림을 그려 자료를 분류해 보면 그다음에는 각각의 영역이 하나의 카테고리가 되어 자료를 분류하기가 좀 더 용이해진다.

자료에 따라 동그라미의 숫자가 더 늘어날 수도 있고 줄

어들 수도 있지만 다섯 개 이상 넘으면 오히려 분류가 복잡해질 수 있다. 그럴 때는 세 개짜리 분류를 여러 개 만들어서 자료를 구분하는 것이 더 편하다.

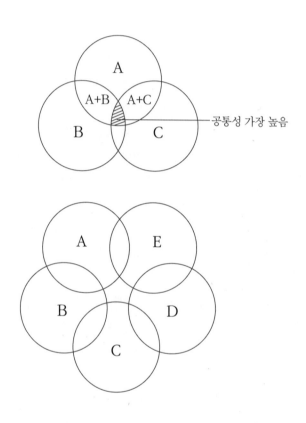

자료를 빛나게 하는 두 번째 방법, '펼치기'

    자료를 빛나게 하는 첫 번째 방법이 묶는 것이라면, 두 번째는 펼치는 것이다. 앞에서 설명한 '묶기'가 다양한 자료를 비슷한 분야끼리 모아 놓는 것이라면, '펼치기'는 각 자료를 핵으로 삼아 추가될 수 있는 요소를 더해 본다는 것이다.

    이를 그림으로 그려 보면 다음과 같다.

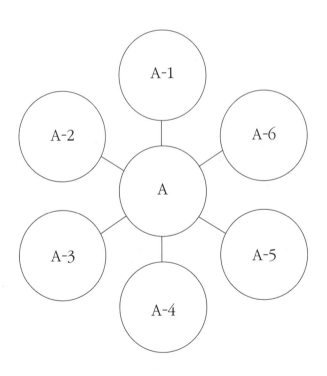

이를 좀 더 설명하기 위해 앞에서 썼던 예시 자료를 다시
한 번 보자.

- 애견 인구의 성장률: 전년 대비 1000배
- 애견 시장 성장률: 178%
- 애견 관련 산업 성장률: 3년 전 대비 400% 이상
- 애견으로 인한 갈등: 전년 대비 287%
- 유기견 증가 추세: 전년 대비 14,000마리 이상 증가

앞서 설명했던 '묶기'의 방법에서는 긍정적 자료를 한데
모아 놓은 후 뒤쪽에 '이런 정보도 있다.'라는 느낌으로 부정
적인 내용을 수치와 함께 압축해서 덧붙여 배치했다. 하지
만 펼치기를 위해서는 자료를 추가로 좀 더 모아야 한다. 즉,
위 다섯 개 자료가 각각 메인 자료가 되어 가운데 동그라미
에 들어가고, 여기에서 파생되는 세부 자료들을 추가로 찾아
서 덧붙이는 것이다.

예를 들어, 애견 인구의 성장률이 가운데 동그라미에 들
어가면 주변 동그라미에는 연령별, 성별, 지역별 등으로 애
견 인구가 어떻게 성장했는지 자료를 추가할 수 있다. 가운
데 동그라미가 애견 시장 성장률일 경우 브리더 시장, 분양
시장 등으로 요소를 더 추가할 수 있다.

이런 과정이 필요한 이유는 보다 풍성한 자료를 수집하기
위함이다. 이렇게 펼쳐서 자료를 수집하고 연결하다 보면
주변 가지에 해당되는 자료끼리 서로 연결되기도 하고 핵심

이라 생각했던 자료보다 오히려 주변 가지에 있는 자료가 더 중요한 역할을 하기도 한다.

이럴 경우 중요도에 따라 자료를 재배치해서 묶기, 펼치기를 다시 한 번 해 보는 것이 좋다. 이 묶기와 펼치기를 반복하다 보면 자연히 자료가 걸러지기도 하고 내용의 깊이가 더해지기도 한다. 즉, 묶기와 펼치기는 자료를 거르는 촘촘한 체의 역할을 해 주는 과정이라고 볼 수 있다.

자료 찾는 방법

지금까지 자료가 무엇인지, 자료 중에 좋은 자료는 무엇인지, 좋은 자료를 찾기 위해 선행되어야 할 것과 찾은 자료가 정보화되려면 어떻게 해야 하는지 간단하게 살펴보았다.

이제부터는 본격적으로 자료를 찾는 방법을 한 번 고민해 보자.

여러분이 지금 어떤 자료를 찾아야 한다면, 아마 백 명 중 아흔아홉 명은 조용히 컴퓨터를 켜고 초록창이나 빨갛고 노랗고 파란 게 섞인 창을 열어 단어를 하나 집어넣고 돋보기 모양 아이콘을 누를 것이다.

물론 가장 간단하고 쉬운 방법이기는 하다. 하지만 이렇게 검색을 해서 자료를 찾으면 치명적인 문제점이 하나 생긴다. 진짜인지 가짜인지 확신할 수가 없기 때문이다.

앞에서 예로 들었던 몇 가지 '가짜 자료'로 인한 사건에서 볼 수 있는 것처럼, 인터넷에서 찾은 자료는 말 그대로 첫 시작이다. 아니 그 시작을 위해 찍는 점 하나에 불과하다. 요즘에는 진짜 기사처럼 만든 그럴듯한 페이크 기사가 많이 있고, 나아가 페이크 사이트도 성행하고 있기 때문에 검증되지 않은 자료에 노출되기가 쉽다.

믿고 있면 인터넷도 신뢰할 수 없다면 자료를 '어디서 어떻게' 찾아야 할까 막막한 생각이 들 수 있다. 그런 생각이 들면 이렇게 상상해 보자.

"지금처럼 인터넷이 발달하지 않았을 때는 자료를 어떻게 찾았을까?"

인터넷 검색이라는 손쉬운 찾기 방법에 밀려나 있었던 다양한 '찾기 방법'을 찾아보자.

① 취재하기

취재는 직접 발로 뛰어 자료를 모으는 방법이다. 직접 보고 듣고 확인할 수 있다는 장점과 많은 시간과 노력을 들여야 한다는 단점이 있다.

취재에 가장 익숙한 사람은 기자들이다. 어떠한 자료를 찾기 위해 대다수의 기자들은 지금도 현장에 직접 찾아가서 자료를 수집한다.

취재의 가장 좋은 점은 검증을 직접 할 수 있다는 것이다. '백문불여일견(百聞不如一見)'이라는 말처럼, 백 번 듣는 것보다 한 번 보는 것이 자료를 수집할 때 유리하다.

다만 취재를 하는 입장에 따라서 정보의 수준이나 양이 달라질 수 있기 때문에 시간과 노력을 어떻게 배분할지 잘 생각해야 한다. 그리고 취재의 경우, 주체자가 이미 정해진 입장을 가지고 있으면 그에 맞춰 취재를 하게 된다. 그러니 자료를 수집하기 위해 취재할 때에는 중립적인 입장에서 해야 한다.

최근에는 인터넷과 멀티미디어를 기반으로 한 온라인 취재의 비중도 높아지고 있는데, 일반적인 검색 및 원격 취재까지도 모두 온라인 취재 안에 속한다. 보다 다양한 정보원에게서 자료를 모을 수 있다는 장점이 있다.

② 인터뷰하기

인터뷰는 첫 번째 취재하기와 그 맥락을 같이 한다. 단, 취재하기가 환경이나 상황 등을 고려한 것이라면, 인터뷰는 철저하게 사람을 통해 정보를 수집한다.

보통 인터뷰를 통해 획득한 자료는 녹취록, 음성 파일 등으로 변환해서 활용한다. 다만 인터뷰를 활용해서 자료를 찾을 때는 반드시 좋은 질문이 수반되어야 한다. 사람은 그대로의 사실을 전달하기보다는 자신의 생각과 감정을 섞어 말하기 쉽기 때문이다. 그래서 보다 정확하고 타당성 있는 자료를 수집하기 위해서는 핵심이 확실한 질문을 통해 답을 얻어야 한다. 그렇다고 해서 유도 심문이나 정해져 있는 답을 억지로 받아내는 질문 등은 자료 수집을 위한 옳은 태도가 아니다.

또한 취재를 하는 사람에 따라서 정보가 달라질 수 있다. 따라서 될 수 있는 대로 많은 사람, 그중에서도 검증된 사람을 만나 보고 수집된 자료를 교차 검증하는 과정이 필요하다. 같은 안건에 대해서 서로의 입장이 다를 수 있기 때문에 이를 공정하게 처리하는 시간을 충분히 가져야 한다.

③ 도서 찾기

도서는 여전히 최고의 자료이다. 아무리 인터넷 자료가 방대해졌다고 하더라도, 인류에게 문자가 생긴 이래 쌓여 온 활자화된 정보를 뛰어넘을 수는 없다. 특히 새로 생성된 자료가 아닌 오랜 시간 쌓여 온 자료들은 도서를 참조하는 것이 가장 정확하다. 이미 수많은 검증을 거쳐 활자로 인쇄되어 나온 정보이기 때문에 신뢰도도 높은 편이다.

단, 도서 역시 거짓된 정보나 검증되지 않은 짜깁기 정보 등을 모아 놓은 것들이 많이 있기 때문에 선별해서 읽어 보아야 한다.

보통은 한 권의 도서를 중심으로 관련 도서를 확장해 가면서 자료를 찾는다. 최근에는 도서를 검색하면 관련 도서 리스트 혹은 이 책을 구매한 사람이나 대여한 사람이 빌린 제3의 도서들이 함께 노출되는 경우가 많다. 이런 리스트들도 자료 찾기에 도움이 된다.

각 도서에는 분류 번호가 있다. 대부분의 도서관이나 서점에서 이 도서 분류법으로 책을 구분해 놓는다. 백과사전이나 연감처럼 특정 분야를 지정하기 어려운 도서를 0. 총류로 구분하고 1. 철학, 2. 종교, 3. 사회과학, 4. 자연과학, 5. 기술과학, 6. 예술, 7. 언어, 8. 문학, 9. 역사로 구분한다. 보통 비슷한 종류의 도서들이 함께 진열되어 있는 경우가 많기 때문에 찾은 도서의 관련 도서를 함께 훑어보는 것이 광범위한 자료를 수집할 때 도움이 된다.

④ 이미지와 영상 찾기

과거에는 자료 형태가 주로 문서화되어 있는 것이 많았다. 그런데 최근 생성되고 있는 자료는 대부분 이미지와 영상이 주를 이룬다.

세대가 바뀌면서 읽는 문화에서 보는 문화로, 인지와 이해하는 콘텐츠에서 수용하고 경험하는 콘텐츠로 점점 그 성격이 바뀌면서 자료 역시 이미지와 영상의 형태로 만들어진다. 최근 100년 이전의 영상이 주로 디지털이 아닌 방식으로 저장되었다면, 이후 영상은 꽤 많은 수량이 디지털로 복원되었거나 제작되고 있다. 영화, 드라마는 물론이고 다큐멘터리와 각종 르포 영상이 셀 수 없이 많이 생산되고 다양한 플랫폼을 통해 무료 혹은 유료로 감상과 소유가 가능해졌다.

또한 1인 크리에이터들의 활동 분야가 넓어지면서 수많은 자료들이 지금 이 순간에도 다양하게 쌓이고 있기 때문에 이미지와 영상 자료 역시 자료 검색에 있어 중요한 역할을 차지한다.

대부분의 이미지와 영상 자료는 영문명과 한글명으로 교차 검색하는 것이 수월하고, 영상의 포맷이나 이미지의 성격을 동반 검색어로 지정하면 좀 더 빨리 찾을 수 있다.

다만, 플랫폼 내에서만 볼 수 있는 영상과 이미지의 경우 다운로드 및 캡처에 제한이 걸리기 때문에 자료로 활용하기 위해서는 저작권을 반드시 확인하고 사용해야 한다.

가장 대표적인 영상 및 이미지 사이트로는 유튜브(www. youtube.com), 비메오(www.vimeo.com), 핀터레스트(www. pinterest.co.kr) 등이 있다.

⑤ 온라인 취재하기

앞의 취재에서 잠깐 얘기한 온라인 취재 역시 자료를 모으는 방법인데 이메일, 채팅, 각종 DM 및 투고, 설문 조사, 게시판 등을 활용해서 자료를 모은다. 최근 한 온라인 쇼핑몰에 대한 집단 소송이 이루어졌는데, 집단 소송의 구체적인 자료는 모두 이 쇼핑몰을 사용했던 수많은 사람들의 구체적인 제보에 의해 만들어졌다. 일반적인 취재로는 모으기 어려웠을 진단서, 사진, 날짜별 기록 등 셀 수 없이 많은 자료가 단기간에 수집되었고 이를 바탕으로 소송까지 진행하게 된 사례이다.

온라인 취재의 경우 불특정 다수가 가지고 있는 공통된 정보를 단시간에 빠르게 수집할 수 있다는 장점이 있지만, 자료의 출처와 신뢰성 검증이 그만큼 어렵다는 단점도 있다.

⑥ 인터넷 검색하기

인터넷에는 가짜 정보가 무척 많다. 그럼에도 불구하고

인터넷은 자료를 찾기 위한 가장 편리한 접근 방식이다. 인터넷으로 자료를 검색할 때는 최대한 관련 키워드를 함께 검색해서 다양한 자료를 많이 모으는 것이 중요하다.

예를 들어 '뱀파이어'에 대한 자료를 모은다고 해 보자. 인터넷 검색창에 '뱀파이어'를 입력한 뒤에 그 안에서 세부 내용을 정리해서 다시 재검색하는 등의 방식이다.

2019년 6월 현재 G사이트에 뱀파이어를 검색하면 다음 검색어 화면이 나온다.

관련 검색: 뱀파이어

뱀파이어 종류	뱀파이어 영화
뱀파이어 실존	뱀파이어 캐릭터
뱀파이어 존재	뱀파이어 드라큘라
뱀파이어 영어	뱀파이어 만화
뱀파이어 되는 법	뱀파이어 유희왕

만약 찾고자 하는 것이 명확하게 관련 검색어에 있다면 그것을 중심으로 찾으면 되지만, 찾고자 하는 자료가 뱀파이어에 대한 전반적인 자료라면 위의 관련 검색을 모두 조사해서 이를 정리하고 분류해야 한다.

그렇다면 정리와 분류 이전에 검색을 제대로 하려면 어떻게 해야 할까?

03

검색 제대로 하기

검색이란?

'검색'은 기본적으로 사실 확인을 위한 정보 탐색의 의미를 가지고 있다. 사전적으로는 단서나 증거를 찾기 위해 살피고 조사한다는 뜻을 가지고 있으나, 최근에는 알고자 하는 것을 위해 찾는 광범위한 행위를 지칭한다.

기본적으로 검색의 형식은 두 가지로 구분할 수 있다.

첫 번째, 주어진 질문에 대한 답을 직접적으로 구하는 확정 검색인 '사실 검색'이다. 정해진 답이 주어지는 것인데 모 포털 사이트의 지식× 시스템의 경우, 이러한 사실 검색의 확장판 개념으로 운영되고 있다.

두 번째, 문헌 검색이다. 문헌 검색은 말 그대로 질문에 대해 관련 문헌이나 내용에 포함되어 있는 사이트를 제공해

주는 것이다. 확률 검색이라고도 하는데, 이미 너무 익숙해진 광고성 글들, 상업적 블로그 등이 이 문헌 검색과 관련이 있다.

보통 일반적인 검색을 할 때에는 둘 중 하나만 해도 무방하지만, 보다 깊이 있는 자료를 찾고 싶으면 두 가지를 모두 해 보는 것이 좋다.

데이터 종류에 따른 검색

앞에서 본 것처럼 검색은 형식에 따라 사실 검색과 문헌 검색으로 나뉜다. 그리고 데이터의 종류에 따라서 좀 더 세분화되어 나뉜다.

가장 일상적으로 접할 수 있는 검색은 웹문서 검색이다.

웹에서 찾을 수 있는 문서를 검색 주제와 연결해서 찾아주는 방식이다. 이 경우 미처 웹사이트에 올라오지 않았거나 너무 오래되어 검색이 불가능한 자료는 찾기가 어렵다. 사이트 검색은 해당 데이터와 관련이 있는 사이트를 찾아주는 검색이고, 사전과 뉴스 검색은 각각 사전적인 내용과 뉴스에서 다뤘던 내용을 위주로 자료를 찾아준다.

그 외에 지도, 이미지, 동영상, 카페나 블로그 등도 각각 데이터의 종류에 따라 검색이 가능한데 보통은 이들을 모두 한 화면에서 볼 수 있게끔 해 주는 '통합 검색'의 형태로 자료들이 나열된다.

인터넷 검색 노하우

자료를 검색할 때 사용하는 인터넷 검색 엔진은 구글, 네이버, 다음 등이 가장 대표적이다.

각각의 검색 엔진은 검색 랭킹 알고리즘을 개별적으로 운영하고 있으며, 알고리즘의 운영 방식을 모두 파악하기는 어렵지만 활용해 보면 차이가 확연히 드러난다.

검색을 했을 때 나오는 자료에 차이가 있기 때문에 다양한 형식의 자료를 얻고자 한다면 골고루 활용해 보는 것을 권한다.

예를 들어 '귀신씨나락을까먹다가뒤로넘어가좀비가되었다.'를 각각의 사이트에서 검색한 결과를 한 번 살펴보자.

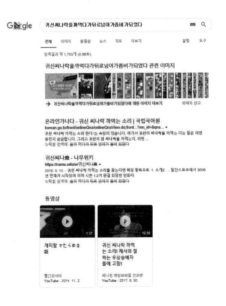

위에서 제시한 검색어는 전혀 '말이 되지 않는 말'이다. 그
럼에도 불구하고 두 사이트에서 모두 검색 결과가 도출되었
다. 검색 결과를 살펴보면, 제안한 문장에 포함된 단어를 선
별적으로 선택하여 그에 해당하는 자료가 도출되었다.

예를 들어 귀신, 씨나락, 좀비 등의 단어가 들어간 자료들
이 검색되었으며, 여기에서 차이가 나는 것은 각 사이트가
가진 한국어 해석 능력이다.

구글의 경우 '단어를 인식하고 이에 해당하는 연관 검색의 이미지, 영상' 등까지 함께 제시한다. 반면 네이버는 '제시한 문장 내에 존재하는 단어에 해당하는 자료' 위주로 결과를 도출한다.

이렇게 각 사이트의 특징을 알면 자료를 찾을 때 도움이 된다. 좀 더 집중된 콘텐츠, 즉 사람들이 최근에 많이 찾은 콘텐츠나 키워드를 조사할 때는 1차적으로 국내 검색 엔진을 활용한다. 이를 바탕으로 좀 더 넓게 조사하고자 할 때는 또 다른 검색 엔진을 활용해 본다.

국내 엔진의 경우 자신들을 플랫폼으로 하는 블로그, 카페 등의 콘텐츠를 우선적으로 노출해서 보여 주기 때문에 보편적인 자료보다는 다양한 시각에서 자료를 얻는 데 좀 더 용이한 면이 있다.

또한 일반적으로 검색할 때는 '&'를 넣어 검색하거나, 큰따옴표(" ")를 활용해서 검색하는 방법도 있다. 그 외에도 다양한 검색 연산자가 있는데, 이를 숙지했다가 활용하면 필요한 자료를 좀 더 빠르게 모을 수 있는 요령을 갖출 수 있다.

확실한 자료를 찾을 때는 〈" "〉

큰따옴표(" ")는 반드시 이 단어는 들어가야 한다는 뜻으로 쓰인다. 원하는 검색어에 큰 따옴표를 함께 입력하면 그 단어가 들어간 모든 자료가 검색된다.

Gmmgle "보조배터리" 📧 🎤 🔍

전체 이미지 동영상 뉴스 지도 더보기 설정 도구

검색결과 약 9,800,000개 (0.51초)

검색어가 애매모호할 때는 〈*〉

검색을 할 때 뭔가 애매모호해서 그 사이를 비워 두고 전반적으로 아우러진 검색을 하고 싶을 때는 〈*〉를 넣으면 된다.

예를 들어 '핸드폰'의 '배터리'에 대한 다양한 연관 검색을 한꺼번에 하고 싶을 때는 핸드폰과 배터리 사이에 * 표를 넣으면 된다.

Gmmgle 핸드폰•배터리 📧 🎤 🔍

전체 이미지 뉴스 동영상 지도 더보기 설정 도구

검색결과 약 8,930,000개 (0.49초)

비슷한 것까지 연관 조사를 원하면 〈~〉

검색어 앞에 〈~〉를 붙이면 검색어를 중심으로 유사어, 동의어, 유사 의미어 등이 함께 검색된다. 초반 자료를 수집할 때 넓은 범위의 다양한 자료를 찾고 싶을 때 이 방법을 쓰면 수월하다.

예를 들어, 보조 배터리에 대한 전반적인 모든 내용, 혹은 보조 배터리와 관계된 넓은 범위의 자료를 찾고 싶다면 '~보조배터리'라고 검색하면 된다.

〈=〉 및 단위의 활용

숫자와 단위 전환은 쉽게 헷갈리는 것 중 하나이다. 예를 들어 400천원, 12.4달러, 200마일이 몇 킬로미터인지, 345제곱미터는 몇 평인지 궁금할 때 검색창을 통해 알 수 있다. 이는 특히 숫자가 중요한 자료에서 한 번 더 확인하고 활용할 때 유용하다.

숫자의 범위를 지정할 때는 〈..〉

수치가 필요한 자료를 검색할 때 너무 광범위한 수치가 나올 때가 있다.

예를 들어 2014년부터 2017년에 해당하는 자료만 필요할 때는 자료명 다음에 2014..2017이라고 입력하면 된다. 숫자 범위 안의 자료를 찾을 때 유용한 방법이다.

단, 본문 안에 연관 검색 혹은 키워드로 숫자 범위 안의 자료를 의도적으로 삽입한 경우가 간혹 있다. 지정 검색을 피해 소위 '검색 걸려들기'를 위해 자료 내에 검색 범위를 벗어날 수 있는 키워드를 넣은 경우이다. 때문에 범위 지정 검색은 지나치게 광범위한 자료의 범위를 일차적으로 줄일 때 활용하는 것이 좋다.

숫자 범위에 관련된 것을 검색할 때는 최신 자료를 지정해서 찾으면 편리하다. 이 경우 자료명 앞뒤로 원하는 기간을 넣으면 최신 자료 위주로 검색해서 자료를 알려 준다. 또한 계산기처럼 연산 문제를 입력하면 답을 계산해 주기도 한다. 굳이 계산기 기능 없이도 활용할 수 있다.

뜻을 알고 싶을 때는 〈define〉

특정 용어나 키워드의 뜻을 찾고 싶으면 define: 옆에 키워드를 쓰면 된다. 또한 자신이 원하는 키워드들이 모두 들어간 자료를 찾고 싶다면 키워드 사이에 'or'를 집어넣어 검색하면 된다. 그러면 키워드 중 하나라도 포함된 검색 결과를 모두 보여 준다.

보조 배터리 - 나무위키
https://namu.wiki/w/보조%20배터리 ▼
2018. 11. 21. - 스마트폰이나 태블릿 등 휴대용 기기에 내장된 배터리의 수명을 연장시켜주기도 한다. .
보조 배터리가 있으면 외출했을 때도 적정량을 충전시켜 ...

또한 키워드를 입력한 뒤에 그 뒤에 '뜻'이라는 단어를 덧붙이면 검색어 의미 외에 다른 나라 언어로 번역된 것과 어원, 다른 의미까지 파악할 수 있다.

파일 형식으로 찾을 때는

특정한 파일 형식의 자료를 찾고 싶다면 키워드 뒤에 파일 형식을 입력하면 된다. 구글의 경우 일반 검색을 했을 때도 특정 파일 형태로 된 것들이 함께 검색되기는 하지만, 파일 타입을 지정하면 좀 더 빠르고 정확하게 관련 자료를 찾을 수 있다. 특히 논문 관련 파일이나 기관 보고서 등을 찾을 때 유용한 검색법이다.

키워드 뒤에 각 파일 형식을 지정해 주면 된다. 검색 가능한 파일 형식은 ppt. doc, pdf, ai, txt, xls 등이다.

Gⅈ️gle	보조배터리pdf					🎙️	🔍

전체   이미지   뉴스   동영상   지도   더보기   설정   도구

검색결과 약 360,000개 (0.46초)

[PDF] 휴대용 보조 배터리 M3 사용 설명서

특정 사이트 내의 특정 키워드

광범위하게 사방에서 모인 자료 말고, 특정 사이트 내에 노출된 자료가 필요한 경우가 있다. 예를 들어 인터넷 카페나 블로그, 특정 사이트 내에서 자료를 찾을 때 말이다. 이럴 경우 키워드 뒤에 해당 사이트 주소를 입력하면 그 사이트 내에 노출된 키워드 위주로 검색이 가능하다.

Gmgle 보조배터리 itworld

전체　이미지　뉴스

검색결과 약 7,470개 (0.463

삼성 고속충전 보조
ITWorld
www.itworld.co.kr/news/
2017. 8. 21. - 삼성 고속충
특한 디자인은 효율적인 배

보조 배터리 - ITWo
www.itworld.co.kr/tags/5
소니코리아(www.sony.co.k
전할 수 있는 프리미엄 휴대

보조배터리 - ITWor
www.itworld.co.kr/tags/5
피치밸리(www.peachvalley
보조배터리인 '스마트박스

새로텍, 대용량 휴대
www.itworld.co.kr/print/8
새로텍(www.sarotech.com
용량 휴대용 보조배터리인

아이담테크, 다기능
www.itworld.co.kr/t/5581

관련 사이트와 비슷한 사이트 찾기

자료를 검색하면서 아주 맘에 드는 사이트를 찾았다고 가정해 보자. 그 사이트와 비슷한 몇 개의 사이트를 더 찾고 싶은데 어떻게 검색해야 할지 막막하다면 사이트명 옆에 있는 삼각형 화살표를 눌러 보자. 저장된 페이지 및 유사한 페이지를 검색해서 이동할 수 있다.

혹은 사이트 주소 앞에 related:를 붙여도 된다. 이 경우에도 해당 웹사이트와 유사한 사이트를 찾아 준다.

고급 검색

이 외에도 고급 검색을 활용하면 자료의 범위를 좀 더 좁혀서 찾을 수 있다. 이 경우 정확도는 높아지지만, 자료의 개수는 현저히 줄어든다.

Google

고급검색

다음 기준으로 페이지 검색...

다음 단어 모두 포함:

다음 단어 또는 문구 정확하게 포함:

다음 단어 중 아무거나 포함:

다음 단어 제외:

숫자 범위: ~

다음 기준으로 검색결과 좁히기...

언어: 모든 언어

지역: 모든 지역

최종 업데이트: 전체

사이트 또는 도메인

검색어 표시 위치: 페이지 전체

세이프서치: 가장 관련성이 큰 검색결과를 표시

파일 형식: 모든 형식

사용 권한: 라이선스로 필터링 안함

고급검색

정확한 자료를 위한 4단계 검색

대표적인 검색 사이트로 구글을 활용한 검색 요령을 알아보았다. 하지만 검색의 요령을 알아도 검색하는 순서를 모르면 이 또한 자료의 양만 막무가내로 늘어나게 된다. 때문에 자료 찾기도 실타래 풀어나가듯 차근차근 해야 한다.

① 키워드 검색하기

키워드 검색은 검색의 출발이다. 시간이 지나면 기존에 쓰던 용어가 변하거나 새로운 용어가 계속해서 생겨나기 때문에, 유사어나 동의어까지도 최대한 검색을 해야 뒤떨어지지 않는 자료를 준비할 수 있다.

② 인용 문헌 검색하기

논문을 작성할 때 가장 중요한 것 중 하나가 인용 문헌이다. 이는 자신의 논조를 뒷받침하는 근거 자료가 어디서부터 기인했는지 증명하는 것이다. 이것이 제대로 되지 않으면 표절 시비에 휘말릴 수 있다.

인용 문헌의 경우는 특정 문헌을 중심으로 인용 관계에 있는 다양한 문헌을 모두 검색하는 것이다. 키워드로만 검색했을 때 미처 찾지 못했던 관련 문헌을 찾을 수 있다는 장점이 있다.

③ 저자 검색하기

해당 자료를 찾았는데 그것이 저자가 확실한 도서일 경

우, 그 저자가 쓴 또 다른 도서를 통해 자료의 폭을 넓힐 수 있다. 이때는 동명이인인지 아닌지 정확하게 판단하는 것이 중요하다. 연구 분야나 기관을 통해 파악해 보는 것도 좋다.

④ 해시태그, 필드태그, 검색 연산자 등을 활용하여 검색하기

해시태그(#) 뒤에 해당 키워드를 붙여 웹상에 업로드 하는 콘텐츠가 늘어남에 따라, 이를 통해 검색하는 것도 유용한 자료 찾기의 방법이 될 수 있다.

특히 핀터레스트, 인스타그램 등 이미지에 최적화되어 있는 곳에서 자료를 찾을 때는 일반적인 검색보다 #를 통한 해시태그 검색이 훨씬 유용하다. 단, 이런 자료들을 활용할 때는 반드시 저작권 문제를 확인해야 한다.

← **#보조배터리|**　　　　　　　　　　　✕

| 인기 | 사람 | **태그** | 장소 |

#보조배터리
게시물 83.6k개

#보조배터리케이스
게시물 964개

#보조배터리추천
게시물 1501개

#보조배터리공구
게시물 1529개

#보조배터리파우치
게시물 993개

#보조배터리제작
게시물 340개

#보조배터리케이스
게시물 810개

#보조배터리손난로
게시물 58개

#보조배터리필수
게시물 242개

04

찾은 자료 검증하기

검증이 필요한 이유

자료를 찾는 것만큼 중요한 것이 '자료의 검증'이다. 검증은 그 자료가 타당한 것인지, 잘못된 것은 아닌지, 반박의 여지가 없는지 혹은 거짓된 자료는 아닌지를 검토하는 과정이다. 이때 중요한 과정 중 하나는 선행된 자료와 인용된 자료, 관련 문헌까지 모두 검증을 해야 한다는 점이다.

찾은 자료가 통계처럼 숫자 자료로 나오는 기본 자료일 경우에는 이 과정을 건너뛰어도 무방하지만, 문헌 자료나 인터뷰, 취재 자료일 경우에는 반드시 검증 과정을 거쳐야 한다.

논문 작성을 예로 들어 살펴보자.

논문을 쓸 때 가장 먼저 결정해야 하는 것은 '무엇을 쓸 것인가'이다. 즉, 주제 잡기이다. 주제를 잡은 뒤에는 이 주제를 증명해 줄 자료들을 찾아야 한다.

자료를 찾는 방법은 앞에서 말한 것처럼 취재, 인터뷰, 도서, 인터넷 검색 등 다양하다. 그중 논문에서 가장 많이 자료로 인용하는 것이 바로 '또 다른 논문'이다.

논문이나 도서는 이미 검증된 자료를 활용해서 정제된 정보를 담아 놓은 매체이다. 때문에 복잡한 검증 과정을 거치지 않고 곧장 활용하기에 용이하다. 그럼에도 불구하고 기준이 되는 논문을 중심으로 인용 문헌과 참고 문헌, 관련 문헌을 꼼꼼하게 살펴보아야 한다. 논문을 작성할 때 인용하는 논문이 있고, 참고로 해서 쓰는 논문이 있기 때문에 교차 검증이 되지 않으면 잘못된 자료를 활용하게 될 가능성이 높기 때문이다. 즉, 신뢰 가능한 논문을 작성하기 위해서는 그 근간이 되는 자료들의 전문성과 신뢰성을 확보하는 것이 중요하다.

이는 비단 논문에만 한정되는 것은 아니다. 가장 정제된 자료들이 활용되는 분야가 논문이어서 논문이라는 예를 든 것뿐이지, 논문 외에 다양한 분야에서 자료를 수집할 때도 마찬가지이다.

그렇다면 믿을 수 있고, 신뢰할 수 있는 검증처는 어디일까?

학술자료 및 전문자료 검증

학술자료와 전문자료는 Web of Science와 Scopus가 가장 신뢰성이 높다고 알려져 있다. 두 사이트 모두 회원 가입이 필요하고 기본 언어가 영어지만, 이곳에서 자료의 제목을 확인한 후 대학교 도서관의 홈페이지나 google scholar에서 재검색하면 본문을 확인할 수 있다.

google scholar의 경우, 다양한 자료를 방대하게 볼 수 있다는 장점이 있지만 언뜻 봐서는 진짜인지 가짜인지 모를 정도로 정교하게 만든 가짜 자료도 다수 있다. 따라서 정확한 자료를 찾기 위해서는 반드시 다른 경로를 통해 정보의 출처를 확인한 후 본문 내용 및 관련 자료를 google scholar에서 찾아보는 것이 좋다.

이 외에 교보스콜라, 뉴논문, DBPIA, RISS, KISS, ASC, BSC, EBRAY, NATURE, ScienceDirecrt, Springer, Willey Online, Taylor&Francis 등 자료를 검색하고 검증할 수 있는 곳이 있다. 이 외에 국회도서관과 RISS에서도 자료 수급이 가능하다.

특히 RISS의 경우, 국내 논문을 검색할 수 있는 곳이기 때문에 찾는 자료가 논문 위주일 때 유용하게 활용할 수 있다.

주요 논문 검색 사이트는 다음과 같다.

- scholar.google.co.kr

- scholar.dkyobobook.co.kr

- www.newnonmun.com

- www.dbpia.co.kr

- riss.kr

- kiss.kstudy.com

통계 및 데이터 검증

국내의 모든 통계 자료는 통계청에서 운영하고 있는 국가 통계 포털(www.kosis.kr)에서 볼 수 있다. 주제별, 지역별, 분야별로 통계 지표를 제공하기 때문에 기본 빅데이터를 만드는 데 유용하다.

특별히 필요한 자료가 디지털 마케팅이나 미디어, 광고 혹은 관련 산업 통계 쪽에 관련된 것이라면 이들 자료는 한국방송광고진흥공사(www.kobaco.co.kr) 사이트나 DMC레포트(www.dmcreport.co.kr)에서 확인할 수 있다.

경영, 경제, 산업 및 정책에 대한 자료로 가장 많이 활용하는 곳은 삼성경제연구소인 SERI(www.seri.org)이다. 관련 보고서도 풍부하고 자료도 다양하기 때문에 인용하기에 수월하고, 추천 보고서의 경우 트렌드를 읽기에 좋은 기초 자료가 된다.

키워드나 검색에 관한 자료를 찾고 싶으면 구글 트렌드와

네이버 데이터랩(https://datalab.naver.com)을 추천한다. 분야별 인기 검색어와 트렌드에 맞춘 키워드 자료들을 기간별, 기기별, 성별, 연령별 데이터를 그래프로 모두 확인할 수 있다. 또한 각 자료별 트래픽 현황까지 파악할 수 있어서 자료의 흐름을 보기에 좋다.

구글 트렌드나 네이버 데이터랩이 사용자가 검색한 빈도수를 기준으로 자료를 추출해 낸다면, 소셜 메트릭스(www.socialmetrics.co.kr)는 SNS에 언급된 검색어와 연관어를 기반으로 빅데이터를 분석하고 제공한다. 때문에 최근에 가장 뜨거운 키워드 자료를 찾는 데 유용하게 활용된다. 연관어와 탐색 건수는 물론, 언급량 변화 및 감성 분석까지 함께 해주기 때문에 마케팅 관련 자료 수집에 유용하게 활용된다.

이들 사이트에서는 통계 자료뿐 아니라, 자료를 기반으로한 보고서 등의 함축된 정보도 함께 제공하기 때문에 자료를 수집할 때 한 번씩은 참조해 보는 것이 좋다.

통계 분석하기

수집한 자료를 분석하기 위해서는 구분해서 통계를 내는 과정이 필요하다. 이럴 때 활용할 수 있는 것이 통계 분석 소프트웨어이다.

대부분이 유료이지만 대학이나 기관의 문헌정보실 등에서는 해당 프로그램을 사용할 수 있게 열어 둔 곳이 있으니

한 번 찾아보고 사용하는 것도 좋다.

수집한 자료에 대해 통계 기법을 사용, 의사 결정을 위한 분석 결과를 내 주는 통계 분석 소프트웨어로 가장 흔하게 쓰이는 것은 IBM SPSS Statistics(www.ibm.com/kr-ko/products/spss-statistics)이다. 주로 사회과학 분야 및 데이터 수집과 분석이 필요한 거의 모든 영역에서 활용된다. 빈도, 평균, 분산, 교차, 상관 등의 다양한 분석 기법을 활용하기 때문에 자료 수집, 통계, 검증에 유리하다.

경제나 공학 등 빅데이터 등의 규모가 큰 자료를 분석하고 통계를 내기 위해서는 SAS(www.sas.com//ko.kr)라는 프로그램을 많이 활용한다. 패널 분석과 회귀 분석, 기타 많은 데이터 양을 소화하기 때문에 방대한 양의 자료를 분석하고 검증하는 데 편리하다.

각종 수치를 해석하는 소프트웨어는 Mathworks의 Matlab이 있다. 주로 공학, 수학, 경제학 분야의 자료를 통계 내고, 검증하는 데 널리 활용된다.

마지막으로 온라인상에 무료로 공개되어 있는 r-project(www.r-project.org)도 널리 활용되는 통계, 검증 프로그램이다. 주로 수학, 통계, 사회과학 분야에 많이 쓰이지만 점점 다양한 분야에서 활용되고 있다. 데이터 분석 및 마이닝, 시각화가 가능하다. 마이닝은 대용량의 데이터 속에서 유용한 정보를 발견하는 과정을 말하는데 순차 패턴이나 유사성에 의해 관심 있는 지식을 찾아내는 과정을 말한다.

통계 과정을 통해서는 분석 등이 가능하며 명령어를 숙지

한 후에는 자료를 다양하게 분석할 수 있다. 이 외에도 현재, 네이버에서 kocw를 검색하면 자료 수집, 통계 등에 관한 다양한 강의를 들을 수 있으니 참조하기 바란다.

기타 자료 검증

논문이나 통계 등의 자료는 검증이 수월한 편이지만, 다른 자료의 검증은 어쩔 수 없이 교차 비교를 통해 검증을 해야 한다.

특히 인터뷰 자료나 취재 자료는 취재원이나 인터뷰어가 제공한 자료라고 해서 그대로 확신하면 안 된다. 반드시 그 부분이 맞는지, 오류가 없는지 재검토를 하는 과정이 꼭 필요하다.

이때 제공된 자료를 기초로 해서 또 다른 취재를 통해 새로운 자료를 얻는 경우도 있는데, 이럴 때는 처음에 자료를 수집하고자 했던 '목표'에 맞는지, 또한 자료를 통해 검증하고자 했던 '주제 증명'에 적합한지 반드시 확인해야 한다.

만약 자료를 검증하는 가운데 미심쩍은 부분이 있거나 확증할 수 없다면, 그 자료가 아무리 매력적이어도 폐기해야 한다. 정확하지 않은 자료가 불러오는 후폭풍은 생각보다 크다. 그 자료가 단순히 내 선에서만 끝나는 것이 아니라, 다른 사람들이 계속 자료로 활용하여 퍼지면서 정제되지 않은 사실이 일파만파 퍼질 수 있기 때문이다.

자료 출처 밝히기

수집한 자료를 활용할 때에는 반드시 그 출처를 함께 명시해야 한다. 자료의 원 출처를 밝힘으로써 저작권 및 지적재산권 침해, 표절 시비 등에서 벗어날 수 있을 뿐 아니라, 혹 발생할지도 모를 시시비비에 대응할 수 있다.

일반적으로 자료의 출처는 자료 활용 바로 뒤에 붙이는데 특히 데이터 자료나 이미지, 그래프 등에는 반드시 아래쪽에 출처를 명시하도록 한다.

다른 사람의 자료를 가져올 때에는 직접 인용과 간접 인용 둘 중 하나의 방법을 쓴다.

① 직접 인용

타인의 저작물을 그대로 가져오는 방법으로 큰따옴표 안에 원문을 넣고 출처를 표기한다. 이때도 일러스트나 그래픽, 그리고 인용이라고 하기에 너무 많은 양의 문건을 가져올 경우에는 원저작자의 동의가 반드시 필요하다.

② 간접 인용

원문의 내용을 자신의 언어로 풀어서 쓰는 것을 의미한다. 이 경우는 '~에 의하면', '~에 따르면', '~의 견해에 의하면' 등 특정 부분을 어떤 사람의 자료에서 가져왔다는 표시를 반드시 해야 한다.

다만 극히 일반적인 사실(누구나 알 법한 법칙들)이거나 상식이면 그 출처를 밝히지 않아도 무방하다. 그 외 인터넷 자료를 사용할 때는 그 주소를 명시해야 하며, 연구 및 통계 수치는 원문 페이지를 포함한 출처를 표기해야 한다.

이러한 출처는 각주 등으로 밝히기도 하고, 문서의 경우 마지막에 참고 자료를 한 번에 명시하는 미주로 밝히기도 한다. 자신이 찾은 자료를 어딘가에 인용(직접 인용, 간접 인용 모두)하거나 활용하고, 이를 매체에 내기 전에는 한 번 정도 표절 검사를 해 보는 것이 좋다.

기사나 도서, 보고서 등은 굳이 할 필요가 없지만, 자료를 활용하여 논문을 썼다면 반드시 표절 검사를 해야 한다.

자료의 발목을 잡을 수 있는 표절 시비

단순하게 혼자 보고 마는 '숨은 자료'로만 사용한다면 표절까지 신경 쓰지 않아도 된다. 특히 출처를 정확하게 밝혔다면 표절 시비를 걱정하지 않아도 된다.

하지만 수많은 자료가 매일 쏟아져 방대해지고 저작권에 대한 인식이 점점 높아지면서 이제는 자료를 활용할 때 표절에서 완전히 자유로울 수 없다. 때문에 자료를 활용하기 전에, 표절에 대해서 한 번 짚고 넘어갈 필요가 있다.

표절은 한 마디로 타인의 아이디어나 저작물을 무단으로 사용하는 행위를 말한다. 생각, 논리 등을 가져오는 아이디어 표절, 원저작자의 저작물인 단어, 문장, 표, 그림, 사진,

그래프 등을 출처 없이 사용하는 텍스트 표절, 애매하게 문장을 바꿔서 자신의 것처럼 만들어서 쓰는 모자이크 표절이나 말 바꾸기 표절 등이 있다.

논문에서는 인용 표시를 했어도 주객이 전도될 만큼 그 양이 많거나 본문 내용의 대부분을 인용문이 차지했을 때도 표절이라고 인정할 때가 있다.

문제는 원저작물을 확인하지 않은 채 2차 저작물의 일부를 인용하는 경우이다. 2차 저작물의 출처를 밝히고 썼다고 하더라고, 원저작물과 2차 저작물의 내용이 달라서 문제가 생길 가능성이 높기 때문이다. 따라서 2차 저작물을 쓸 때는 그것의 원저작물까지 꼼꼼하게 확인하는 것이 바람직하다.

자료로 찾은 것이라 해도 표절 시비에 걸리면 그 자료의 타당성은 힘을 잃게 될 수 있다. 때문에 표절은 반드시 주의하고, 꼼꼼하게 대처해야 한다. 자료를 활용해서 쓴 논문의 경우 turnitin이나 copykiller 등의 프로그램을 통해 표절 검사를 거칠 수 있다.

05

찾은 자료 분류하기

시간 순서대로 분류하기

자료 분류는 자료를 정리하고 보관하기 전에 반드시 선행되어야 한다. 일단 편리성을 위해서 필요하지만, 자료를 활용할 때 특히 필요하다.

대부분의 자료들은 웹상에서 찾을 수 있기 때문에 파일 이름으로 분류해 놓는 경우가 많다. 하지만 간혹 복사 자료나 도서 자료를 함께 정리해야 할 때가 있다. 이럴 때는 복사된 자료를 스캔해서 하나의 문서 파일로 만든 후 저장하거나, 문서 이름이나 보관 장소 등을 문서 파일에 따로 기재해 놓는 방법이 있다.

도서관에서 책마다 분류표를 붙여 해당 장소에 꽂아 놓고, 컴퓨터에 일원화해서 관리하는 것과 같은 원리라고 보면 된다.

대부분의 자료는 그 자료가 만들어진 시간을 알 수 있다. 월일까지 정확하게 나온 신문 기사의 경우를 제외하면, 연도 정도가 가장 무난하게 알 수 있는 통일된 정보이다.

'도깨비'를 검색한다고 했을 때 다음과 같은 방법으로 자료를 분류할 수 있다.

도깨비_1900년대 이하

도깨비_1900년대

도깨비_2000년대_2013년 이전

도깨비_2000년대_2013_2014

도깨비_2000년대_2015

그리고 각 폴더 안에 월일 순으로 자료를 분류해서 넣으면 된다. 단, 월일까지 시간이 세분화되지 않는 자료는 연도로만 1차 분류를 해도 활용하기가 편하다.

자료 분류는 큰 것에서 작은 것으로 내려가는 것이 일반적이며, 보통 시간 순으로 분류할 때는 시대성이 중요하거나 사건의 앞뒤, 인과관계 등을 기준으로 삼는다.

카테고리 분류하기

카테고리 분류하기는 보편적으로 쓰는 방법이다. 자료의

특성상 카테고리 분류 하나만 쓰는 경우보다는 〈카테고리+시간순〉이나 〈카테고리+카테고리〉 혹은 〈카테고리+대중소〉 등 복합적으로 활용된다.

카테고리 분류는 말 그대로 비슷한 것끼리 묶어서 자료를 분류하는 방식이다. 업무나 학업 자료들은 대부분 카테고리를 나눠 분류하고 보관한다. 사람마다 자신이 중요하게 생각하는 기준이 조금씩 다르기 때문에 카테고리 분류의 경우 구분하는 기준도 개인차가 있다. 보편적으로는 덩어리가 큰 것에서부터 작은 것으로 내려오는 방식을 취한다.

다음 예를 살펴보자.

1

A회사에 입사한 선화 씨는 컴퓨터를 켜자마자 망연자실했다. 전임자가 인수인계를 제대로 하지 않고 나간 데다, 바탕화면에 파일들이 빼곡하게 깔려 있을 뿐 구분이 전혀 안 되어 있는 상태였기 때문이다. 선화 씨가 들어간 회사는 무역을 하는 회사이다. 그녀의 업무는 바이어가 보낸 인보이스를 받아서 잘못된 것이 있는지 없는지 확인하고 해당 업체에 발송하는 것과 업체가 바이어에게 물건을 보내면서 함께 발부한 발송 송장을 받아서 업체를 관리하는 일이다.

이 외에 각 업체의 제품 종류를 파악해서 바이어에게 소개도 해 주어야 하고, 바이어가 신규 거래처를 소개받고자 하면 이 또한 연결해 주어야 한다.

선화 씨는 출근 첫날 상사에게 업무에 대한 전반적인 이야기를 들은 뒤, 전임자가 남기고 간 자료를 보았다. 그러나 그것은 온통 분류되지 않은 자료들이었다. 그녀가 일을 시작하기 전에 가장 먼저 만들어야 할 파일, 즉 가장 먼저 구분해야 하는 카테고리는 무엇일까?

다음과 같이 정리해 볼 수 있다.

- 바이어 인보이스 받기
- 인보이스 업체 발송하기
- 업체가 보낸 송장 관리하기
- 업체 제품 파악하기
- 바이어에게 제품 소개하기
- 바이어에게 업체 소개하기

업무를 간단하게 정리해 보면 반복되는 '키워드'가 보인다. 바로 바이어와 업체이다. 선화 씨가 가지고 있는 업무 자료는 크게 '바이어'라는 카테고리와 '업체'라는 카테고리로 나눌 수 있다. 그렇다면 각각의 카테고리에 어떤 카테고리를 넣어야 할까?

우선 바이어 카테고리에는 받은 인보이스, 보낸 송장, 바이어 리스트 등이 들어갈 것이다. 업체 카테고리에는 보낸 인보이스, 받은 송장, 업체 리스트, 업체별 제품 리스트 등이 들어갈 것이다. 그리고 별도의 카테고리로 바이어와 매체를 연결시키면서 발생하는 자료를 넣을 매칭 카테고리가 있다.

카테고리로 회사 자료를 정리하는 방식으로 예를 든 것이지만, 이는 다른 자료 정리에도 충분히 적용할 수 있다. 각 자료의 이름을 날짜별로 지정하면 〈카테고리+시간순〉으로 자료가 정리된다.

대중소 분류하기

대중소 분류하기는 카테고리 분류와 비슷하다. 범위가 큰 것부터 작은 것으로 내려오기 때문이다. 보통 범위가 넓거나 자료의 양이 많을 때 이 방법을 많이 쓴다.

만약 전 세계의 음식 문화를 주제로 자료를 찾는다고 가정해 보자.

카테고리로 묶는다면 기준에 따라 그 시작이 달라진다. 예를 들어, 대륙을 기준으로 하면, 자료는 '대륙 이름〉나라 이름〉음식 문화'가 될 것이다. 또 음식의 종류를 기준으로 하면, '조리법〉대륙 및 나라〉음식 문화'로 세분화될 것이다.

하지만 대중소로 분류하면, 모은 자료 중 양이 가장 방대한 것을 기준으로 시작하는 것이 보편적이다. 수집한 자료 중 닭 요리가 대다수를 차지하면 대륙이나 조리법보다 음식 재료인 닭이 대분류의 상위를 차지한다. 수집한 자료 중 대부분이 국물 요리라면 분류의 최상단에 조리법을 배치하는 것이다.

물론 대중소 분류하기 역시 일종의 카테고리 분류지만, 그중에서도 자료의 분량에 따라 나누는 방법이라 따로 나누었다. 하지만 이들 정리법이 정답은 아니다. 가장 보편적으로 많이 쓰는 방법일 뿐, 이 안에서도 각자의 방식으로 변형, 분류, 정리하는 경우가 많다.

자료 정리와 분류에 있어서 가장 중요한 것은 혼란 없이 자료를 보관하고 필요할 때 찾아 쓸 수 있도록 하는 것이다. 자료를 잘 정리하고 분류해야 좋은 정보로 가공할 수 있기 때문이다.

06

자료의 꼬리 물기

연관 자료 찾기

어렸을 때 자주 했던 게임 중에 끝말잇기가 있다. 단순히 앞의 사람이 말한 단어의 마지막 글자를 이어서 말하는 이 게임은 속성 잇기 게임으로 발전했다가, 카테고리 게임으로까지 발전했다.

'감사-사진-진주-주머니'로 이어지는 것이 끝말잇기 게임인데, 이를 자료 찾기에 적용해 보면 수직 구조로 자료를 찾는 방식이다. '원숭이 엉덩이는 빨개 빨가면 사과 사과는 맛있어 맛있으면 바나나 바나나는 길어'로 이어지는 속성 잇기 게임은 관련 자료까지 아우르는 자료 찾기이다. 또한 '중국집-자장면-탕수육-양장피-궁보계정'으로 이어지는 것이 카테고리 게임이자, 연관 자료 찾기라고 볼 수 있다.

즉, 연관 자료 찾기는 키워드를 중심으로 생각할 수 있는 모든 생각의 가지를 뻗어서 자료를 찾아보는 것이다. 찾고자 하는 주제에 대한 다양한 자료를 찾기 위해서는 해당 키워드뿐 아니라, 연관 자료를 찾아보는 것도 중요하다. 연관 자료를 조사하기 위해서는 우선 자료 나무를 임의적으로 그려 보는 과정을 거쳐야 한다.

여기서 자료 나무는 일종의 '자료 마인드맵'이다. 찾고자 하는 중심 자료를 가운데에 놓고, 그 주변으로 뻗어 나가는 다양한 생각의 가지를 그리고 연결 고리를 하나하나 만들어 자료화 시키는 방법이다.

예를 들어 '피곤'에 대해 자료를 찾아보자.

피곤 자체에 대한 자료만을 찾는다면 여기에 해당되는 약, 증상, 해소 방법 등이 자료가 될 것이다. 연관 자료를 위한 자료 마인드맵을 그리다 보면, 늘 피곤해하는 사람들의 특성을 비롯해, 피곤 지수가 가장 높은 직업, 피곤함을 많이 느끼는 사람들이 가진 공통 질병, 세계에서 가장 피곤함을 안 느끼는 사람, 피곤함과 정신력의 상관관계 등 다양한 방향으로 가지가 뻗어 나갈 수 있다.

각각의 사항에 대해 책을 쓴 사람도 있을 것이고, 이를 소재로 영화나 드라마로 나온 것이 있을 수도 있다. 의학 논문이 있을 수도 있다. 이처럼 하나의 주제를 가지고 범위를 좀 더 넓혀 보는 것이 연관 자료 찾기이다.

연관 자료를 찾는 가장 간단한 방법은 도서를 활용하는 것이다. 먼저 자료에 부합하는 도서를 찾고 그 도서의 제목과 비슷한 책을 쭉 찾아본다. 책 제목으로 자료 찾기를 한 다음에는 저자를 중심으로 다시 한 번 그의 저서를 살펴본다.

전문 저작자가 아닌 이상 한두 가지 자신의 전문 분야에 특화된 책을 몇 권씩 내는 경우가 많기 때문에 찾고자 하는 자료 외에 관련된 유사 자료를 좀 더 쉽게 찾을 수 있다.

반대 자료 찾기

유사 자료 외에 반대 자료가 필요할 때도 있다. 일반적으로는 필요한 자료만 찾으면 되지만, 취재나 인터뷰 등을 통해 자료를 찾고 있다면 반대 입장의 자료도 함께 수집하는 것이 좋다.

우선 반대 자료가 있으면 내가 찾은 자료의 약점을 파악하고 보완할 수 있다. 또한 오히려 내 자료의 타당성을 증명해 주는 또 다른 자료로 활용할 수 있다.

정말 드문 일이기는 하지만 주제를 정하고 자료를 찾다가 발견한 반대 자료를 보고 입장이 바뀌는 경우도 있을 만큼 반대 자료 역시 중요하다. 어차피 자료라는 것이 상대방에게 자신의 논리와 주장의 타당성을 증명하기 위해 필요한 것이기 때문에 확실하게 사실로 증명된 자료가 있다면 견지하고 있던 입장을 수정하는 것도 필요한 자세이다.

영화나 드라마에서 완고하게 마음을 바꾸지 않던 사람들이 반대 입장에서 제시된 자료를 보고 마음을 바꾸는 에

피소드를 떠올려 보면 이해가 쉬울 것이다.

어떤 드라마에서는 자신의 아이가 절대 아니라며 받아들이지 않던 완고한 집안의 남자가 친자 확인서를 본 후에 수단과 방법을 가리지 않고 그 아이를 빼앗으려고 한다. 또 어떤 영화에서는 깡패에서 선한 사회기업가로 변하려는 사람의 진심을 아무도 믿어 주지 않는다. 그를 심판하는 사람이 정의로움으로 인정받는 검사이기 때문이다. 하지만 그 모든 일이 검사가 꾸민 악행임을 증명하는 영상 자료가 제시되면서 상황은 완전히 뒤바뀐다. 이렇게 절대 움직일 것 같지 않던 사람을 움직인 것은 바로 자료이다.

반대 자료를 찾기 위해서 가장 쉽게 접근할 수 있는 방법은 '반대어'를 찾는 것이다. 예를 들어 '가습기'에 대한 정보를 찾으면서 '제습기' 혹은 '과도한 가습'에 대한 자료를 찾아볼 수 있다. 만약 가습기를 잘 팔기 위해 자료를 수집하고 있었는데 과도한 가습에 대해 지적하는 자료를 발견했다면 이자료를 어떻게 활용해야 할까?

가습기 사용 설명서에 과도한 가습에 대한 주의 문구를 넣을 수 있다. 또한 보다 지혜롭게 가습기를 활용하는 방법을 알려주는 자료로 활용한다. 아예 제품 자체에 과도한 가습을 막는 장치를 추가할 수도 있다. 만약 가습기와 관련하여 긍정적인 자료만 찾았다면 놓치고 갈 수도 있는 부분을 반대 자료를 통해 보완할 수 있게 된 셈이다.

이처럼 반대 자료는 찾고자 하는 자료의 보완, 약점 대비, 타당성 극대화 등을 위해 유용하게 활용된다. 때문에 자료를 찾을 때 항상 반대 자료와 유사 자료를 함께 찾아서 다각화된 시각을 갖는 것이 중요하다.

애매한 자료 찾아 분류하기

자료를 찾다 보면 똑 떨어지는 명확한 자료가 아니라, 쓰기도 애매하고 버리기도 애매한 계륵(鷄肋) 같은 자료들이 있다.

이런 자료는 파일명만 정확하게 만들어서 따로 모아 둔다. 언제 어떤 자료가 어떻게 쓰일지 모르는 상태에서 일단 최대치를 모으는 것도 필요하다. 애매한 자료 속에서 단 한 줄을 건질지 세 줄을 건질지 알 수 없는 일이기 때문이다.

〈대장금〉이라는 드라마도 『조선왕조실록』에 있는 의녀가 중종의 병 치유로 인해 쌀과 콩을 여러 번 포상받았다는 몇 줄 안 되는 자료로부터 시작했다.

최근에 필자가 쓴 우륵에 관한 책도 자료가 많은 편이 아니었다. 대가야, 금관가야가 있었다는 고령과 김해 지방에도 여러 번 내려가 보고 대가야 박물관, 우륵 박물관 등을 다니며 자료를 수집하고 사진 자료와 도서 자료, 논문 자료들을 모두 뒤져 보았지만 우륵의 성장 과정이나 가야 문화에 대한 자료는 많이 남아 있지 않았다. 그래서 가야 사람들이 몸에 문신을 새기는 것을 좋아했다는 기록과 가야 사람인 우륵이 신라에 음악을 전했다는 사실 등 몇 개의 정보를 바탕으로 사이사이에 비어 있는 부분을 상상으로 메꿔 나가며 작업을 했다. 이 글을 집필하기 위해 모은 자료 역시 한 줄짜리 자료부터 두꺼운 논문 자료까지 다양해서 폴더와 박스, 외장하드 등에 각각 자료를 분류해서 활용했다.

이 외에도 몇 년 전 우리나라를 들썩이게 했던 국정농단을 빼놓을 수 없다. 이 역시 시작은 한 재단의 존립 이유에 대한 의문을 해소하기 위한 자료 수집으로부터 시작되었다. 서로 연관이 없을 것 같았던 자료들이 차곡차곡 쌓이고 그 안에서 연관 고리를 찾은 결과, 마치 고구마줄기처럼 사건이 줄줄이 드러난 것이다. 이러한 흐름을 생각하면, 애매한 자료라고 그냥 넘겨 버릴 일이 아님을 알 수 있다.

애매하게 묶인 자료들은 항목과 분야 등으로 구분해서 모아 두면 나중에 비슷한 계열의 자료가 필요할 때 다시 한 번 활용할 수 있다. 또한 원자료가 좀 부실할 경우 합쳐서 좀 더 타당성 있는 자료를 만들 때 활용하기도 한다.

07

체계적으로 정리하기

웹상에서 정리하기

모은 자료는 파일로 정리해서 보관하는 것이 가장 편리하다. 자리를 차지하는 것도 아니고 필요시 빠르게 검색해서 찾아볼 수 있기 때문이다.

문서나 사진, 영상의 경우는 다운로드를 통해 따로 보관이 가능하고 그런 자료를 정리하는 방법은 이미 앞에서 다루었다. 때문에 여기서는 웹상에서 자료를 찾아 보관하는 다양한 방법에 대해 얘기해 보려고 한다.

사실 스마트폰 애플리케이션에는 하이라이트 및 보관 기능이 대부분 있다. 또한 자신이 관심 있는 분야를 지정해 놓으면 그 분야에 대한 자료가 뜰 때마다 메일로 보내 주는 기능(구글 알리미)도 있다.

혹은 관련 해시태그를 통해 비슷한 내용의 이미지를 추천받을 수 있는 애플리케이션(핀터레스트)으로 자료를 모으거나 트위터에서 찾고자 하는 내용을 위주로 트윗을 하는 계정을 팔로잉해 두면 최신 자료 동향을 얻는 데 도움이 된다. 각종 언론사의 트위터를 팔로잉하면 빠르게 기사를 접할 수 있기 때문에 일부러 찾아볼 필요 없이 원하는 기사를 빠르게 자료화하여 볼 수 있다. 인스타그램 역시 저장 후 모아서 보는 기능이 있어서 다양한 포맷의 자료를 모으는 데 유용하다.

또 어디서든 접속할 수 있는 구글 드라이브, 네이버 드라이브 등에 관심 자료 폴더를 만들어 두면 웹서핑을 하다가 자료로 쓸 수 있는 것을 발견했을 때 1차 정리를 빠르게 할 수 있다는 장점이 있다.

예를 들어 찾아야 할 자료가 '길거리 음식'라고 해 보자. 웹서핑을 하다 찾은 자료는 주소를 복사해서 폴더 안에 일단 넣어 놓고 나중에 분류한다. 실제로 길을 다니다 길거리 음식 사진을 찍어 곧장 폴더에 집어넣을 수도 있다. 마음먹고 진득하게 도서관이나 컴퓨터 앞에 앉아서 찾는 자료 외에, 일상 속에서 찾는 '나만의 raw data'를 넣어 놓는 공간을 만들어 두는 셈이다.

취향에 따라 페이스북이나 인스타그램 등의 SNS를 나름의 저장소로 활용할 수도 있다. 영화나 음악에 대한 자료를 모을 때 이미지나 글을 한꺼번에 저장할 수 있는 공간이 필요하면 이 역시도 활용해 볼 만하다.

웹에서 정리할 수 있는 자료는 대부분 세 단계를 거친다. 무작정 모아서 집어넣는 공간이 하나 있을 것이고, 집어넣은 자료들을 꺼내서 분류해 놓는 공간이 있을 것이다. 분류란 자료들을 순서에 맞게 정리해서 다시 구획지어 놓는 것이다. 여기까지 하면 이 자료들은 비로소 정보가 될 준비를 마치게 된다.

실물로 정리하기

상당히 소모적인 방법일 수도 있지만, 실물로 자료를 정리하면 이것보다 확실한 자료 모으기는 없다. 바로 모든 자료를 인쇄하는 것이다.

하다못해 사진과 그림까지 인쇄를 하고, 부득이하게 영상일 경우에는 CD와 USB에 백업 본까지 만들어서 보관을 하고 그 안에 들어 있는 영상의 리스트를 만들어 따로 보관하는 방식이다. 자료의 경우 출처가 확실하게 드러나도록 인쇄하거나 복사하고, 만약 이메일에 쓰인 본문이 자료로 활용된다면 그것도 인쇄해 놓는다.

필자는 이 책을 쓰며 과거에 진행했던 A프로젝트의 자료들을 찾아보았다. 그 안에는 초기에 자료 검색을 하며 찾았던 웹페이지, 관련 기사와 거기에 달린 댓글, 프로젝트에 연관된 사람들과 주고받은 메일, 구글 리포트를 통해 받았던 기사와 해당 자료들의 일일 리포트 등 프로젝트 관련 자료의 리스트는 물론이고 해당 자료까지 전부 인쇄되어 보관되어 있었다.

시간이 너무 오래 지나서 프로젝트가 어떻게 진행되었는지 가물거릴 정도였는데, 보관된 자료를 처음부터 살펴보았더니 마치 어제 일인 듯 생생하게 기억이 났다. 더욱이 기초 자료부터 모든 것이 차곡차곡 정리되어 있어 새삼 자료 정리의 중요성을 깨달을 수 있었다.

하다못해 중간 업무 보고서와 클라이언트와 의견 대립이 유난히 심했던 날의 일기까지 해당 날짜의 파일에 남아 있었다. 5년 이상 지난 파일이고 이제 더 이상 쓸 일이 없는 자료여서 도서 몇 권을 제외하고는 모두 폐기했지만, 그럼에도 불구하고 자료를 긴 시간이 흐른 뒤에라도 활용할 수 있으려면 이렇게 세분화해서 모아야 한다는 생각을 다시 한 번 하게 되었다.

책이나 인쇄본 등에는 형형색색의 태그와 스티커를 달아 분류하는 것이 찾아보기에 편리하다. 요즘에는 끝에 숫자가 쓰여 있는 태그나 색깔별로 구분하는 표시본도 다양하여 자신만의 기준을 가지고 자료를 분류하기에 편리하다. 이때는 자료의 모양과 형태가 섞이더라도 분야별로 묶는 것이 자료로 쓰기에 좋다. 만약, 한 도서에서 여러 분야 자료가 나뉘어 있을 경우에는 책을 분절하거나 해당 부분에 태그를 붙여 자료로 나누는 것도 방법이다.

이렇게 분류한 자료는 박스나 폴더에 보관을 하고 일정 시간(보통 3~5년이지만 이 역시 개인 사정에 따라 다르다.)이 지나면 다시 재분류를 한다. 또는 비슷한 자료끼리 합치고 나누는 과정을 거치거나 폐기하는 수순을 밟으면 된다.

실물 정리를 통한 자료 정리는 자리를 많이 차지하고 만드는 과정이 복잡하다. 하지만 사전 정보가 없어도 누구나 쉽게 접근하여 자료를 활용할 수 있다는 장점이 있다. 때문에 불특정 다수의 사람들이 자주 접근해서 활용해야 하는 자료의 경우에는 실제로 볼 수 있는 실물 형태의 자료가 더 좋다.

자료를 찾고 보관한다는 것은 눈이 번쩍 뜨일 만한 노하우가 필요한 일은 아니다. 유난히 청소를 잘하고, 물건 하나 없이도 잘 사는 사람이 있는가 하면, 청소도 못하고 물건은 쌓아 두고 살아야 제 맛이라고 생각하는 사람도 있는 것처럼 자료 찾기 역시 그렇다.

누군가는 "대체 어디서 저런 자료를 찾는 거야?"라는 말을 들을 정도로 적합한 자료를 순식간에 잘 찾아내고, 누군가는 내내 고생하고도 자료를 못 찾아서 퉁바리를 듣는다. 자료 정리 역시 마찬가지이다.

똑같은 자료를 제공하고 정리하라고 하면, 열에 아홉은 각자 자기만의 방식으로 정리를 한다. 필자는 파일명을 '프로젝트명_날짜_담당자_버전명'으로 만들어서 쓰는 편이다. 그런데 지인 중에 하나는 '프로젝트명_가_날짜'로 정리를 하고 있었다. '가' 부분에 들어가는 말이 '나, 다, 라, 마, 바, 사'로 버전이 늘어날 때마다 바뀌는데, 자기는 숫자보다 한글이 눈에 훨씬 빨리 들어와서 그렇게 정리하고 있다고 했다. 듣고 보니 2.0, 2.1보다 '가나다'가 눈에 훨씬 빨리 들어올 것

같기는 했다.

이처럼 자료를 정리하기 위해 하나 만드는 것도 개인마다 다 다르다. 때문에 무엇이 더 좋다고 말할 수는 없다. 다만, 『자료 찾기가 어렵습니다』에서는 자료를 왜 찾는가, 어디서 찾는가, 어떻게 찾는가, 찾아서 어떻게 할 것인가를 정리하고자 했다. 좋은 자료가 좋은 정보를 만들고 좋은 정보가 결국 경쟁력을 만드는 사회에서 최소한의 자료는 그 경쟁력의 기본적인 준비가 되어 줄 테니 말이다.

참고 문헌 정리하기

일반적으로 모은 자료를 분류하고 보관하고 정리를 할 때는 위에서 언급한 방법처럼 자신이 편한 방식, 자신이 편하면서 남들도 쉽게 알아볼 수 있는 방식을 활용하면 되기 때문에 정해진 규칙은 없다. 그런데 본인이 자료를 활용해서 어떤 문서를 만들거나(가장 대표적으로는 논문이 있다.) 할 경우 어떤 자료를 썼는지 정리하고 명시해야 하는데 이때는 반드시 포함되어야 하는 사항이 있다. 다음 항목을 참조해 보자.

- 단행본: 저자명, 서명, 발행처, 발행지, 발행 연도, 청구번호(도서관 소장일 때)
- 연구 논문: 저자명, 제목, 학술지명, 발행 연도, 권, 호,

쪽수

- 학술대회 발표: 발표자, 제목, 학술 대회명, 초록 번호, 페이지, 학술대회 장소, 발표 연도(학술대회 발표 후 이들 발표문을 모아 논문집을 간행했을 경우, 엮은이와 논문집 이름도 포함)
- 보고서: 보고자, 제목, 연도, 보고서 번호
- 특허: 특허권자 이름, 특허 제목, 번호, 출원 국가, 연도
- 논문: 저자명, 제목, 학위 종류, 수여 기관, 발행 연도, 소재지
- 전자문헌: 주소, 프로젝트 제목, 편집자명, 기관, 사이트 제작자명(개인 홈페이지일 경우), 접속 일자(자료를 찾은 날짜)
- 동영상: 프로그램명, 제작자명, 방송사명, 방송 일자, 제목, 발행처 등
- 그림, 사진: 작품명, 작가명, 소장 기관명, 소장 도시 및 기관, 촬영 일자(사진의 경우)

08

자료를 자료답게 활용하기

자료를 활용하는 3가지 원칙

자료는 모으는 것보다 활용하는 것이 훨씬 더 중요하다. 특히 자료를 활용할 때는 다음 세 가지 원칙을 반드시 기억해야 한다.

첫째, 단순해야 한다.
둘째, 명확해야 한다.
셋째, 진실해야 한다.

첫째는 단순해야 한다.
좋은 자료일수록 복잡하지 않다. 직관적이고 명확하기 때문이다. 신뢰해 달라고 덧붙인 말이 많거나 이런저런 인정을 받았다고 구구절절 붙인 자료는 한 번쯤 재검토가 필요하다.

자료를 모을 때도 그렇지만 활용할 때도 단순한 자료가 훨씬 큰 힘을 발휘할 때가 많다. 반박할 수 없고 부연 설명이 필요 없이 확실할수록 단순하기 때문이다. 숫자나 수치로 표기된 자료가 긴 설명 없이도 자료로써 힘을 가질 수 있는 이유는 단순함에 있다.

두 번째는 명확성이다.

숫자, 수치 자료의 경우 단순함에 명확함까지 더해지는 셈인데, 이 명확함이 자료를 모으고 활용하는 데 있어 필요한 두 번째 원칙이다.

앞에서도 누누이 이야기했지만 모호한 자료는 자료로써 신빙성이 부족하다. 자료의 필요성 자체가 정확한 정보를 위함인데, 명확하지 않다면 그 자료는 자료의 역할을 다 하지 못한다. 다만, 다음 자료를 찾기 위한 단초가 되는 아주 초기 자료는 명확하지 않아도 상관없다.

추리 사건을 예로 생각하면 이해가 빠르다. 어떠한 사건이 일어났을 때 이를 해결하기 위해 찾는 자료(증거)란 처음에는 애매모호하고 미미하기만 한 것들이다. 흐린 발자국일 때도 있고 무심히 버려진 쓰레기일 수도 있지만 이 모호함도 모이면 자료가 되고, 이 자료 안에서 명확한 '다음 자료'를 찾는 순간에 사건의 실마리가 풀리게 된다. 이처럼 자료는 명확해야 활용할 수 있지만 모호하더라도 이를 활용할 수 있다면 그다음 단계에서 보다 '명확한 자료'를 찾거나 도출해내는 데 도움이 될 수 있다.

세 번째는 자료의 가장 중요한 요소인 진실성이다.

자료는 처음부터 끝까지 진실해야 한다. 의도적으로 만든 페이크 자료가 아닌 다음에야(최근 다양화된 콘텐츠에 활용하기 위해 모큐멘터리*처럼 거짓으로 자료를 만들어 활용하는 사례가 많아지고 있다.) 최소한의 진실성을 지켜야 한다.

위의 세 가지 요소를 충족시킨 자료는 자료로써의 생명력이 길다. 자료에도 흥망성쇠가 있어서 상황이 바뀜에 따라 각광받는 자료와 버려지는 자료가 있다. 그럼에도 불구하고 단순, 명확, 진실한 자료는 생명력이 길다.

활용한 자료 보관할까, 폐기할까?

앞에서 말한 것처럼 자료에도 나이가 있어서 어떤 자료는 금방 사라지고 어떤 자료는 오래 남는다. 이는 그 자료가 가진 힘이기도 하고 시대의 흐름에 따른 자료의 장르적 특성

---

* 영화나 TV프로그램 장르의 하나이다. 가상으로 수집된 자료를 바탕으로 실제 같은 가상 인물을 등장시켜 만드는 다큐멘터리 형식의 콘텐츠인데, 페이크 다큐멘터리(fake documentary)라고도 한다. 일반적으로 다큐멘터리는 진실을 다룬다는 전제하에 만들어지는 콘텐츠인데, 이는 내용을 보다 효과적으로 전달하기 위해 인공적인 촬영과 방법을 도입해서 만들기 시작했다. 최근에는 모큐멘터리에 들어가는 자료도 거짓으로 정교하게 만들어 마치 '진짜 정보' 같은 '가짜 정보'를 전하며 혼란스러움을 전달, 이를 통해 재미를 만들어내는 하나의 장르로 정착되었다.

이기도 하다. 그렇다면 오래된 자료는 어떻게 보관하고, 어떻게 정리하는 것이 좋을까.

영국 드라마 〈셜록〉을 보면 주인공인 셜록과 대치하는 한 언론인이 자신의 정보방을 공개하는 장면이 있다. 나름 반전의 요소였던 그 언론인의 정보방은 다른 사람이 생각했던 것처럼 모든 정보가 디지털로 정리되어 디바이스를 통해 볼 수 있는 것도 아니고, 도서관처럼 거대한 공간을 차지한 채 서류들이 정리되어 있는 것도 아니었다. 바로 그의 '머릿속 기억의 방'이었다.

수많은 정보를 마치 사진처럼 머릿속에 고스란히 기억하는 능력을 지닌 그는 눈을 감고 앉아 기억 속 책을 읽고 사진첩을 꺼내 보는 시늉을 하며 기억 속 사진을 본다. 수많은 자료가 그의 머릿속에 정리되어 있는 것이다. 어떻게 보면 최고의 보관 방법이 아닐 수 없다.

이렇게 가상에서는 머릿속에 모든 자료를 저장하고 정리할 수 있지만, 실제로는 자료를 모으고 정리하고 일정 시간이 지나면 폐기할 수밖에 없다. 공간이 무한하지 않기 때문이다. 그럴 때 유용한 것이 디지털 스토리지*인데, 필자는 이

---

* digital data storage의 약어. 디지털 음성 기록용 DAT의 기록 방식을 이용한 컴퓨터 데이터 기록 형식의 하나이다. 대용량의 저장소를 뜻하는 정보기술 용어이다. 기업을 중심으로 내외부의 방대한 정보를 효율적으로 관리, 유지하기 위한 수단으로 활용하고 있다. 최근에는 정보 정리가 필요한 개인이 별도의 개인 서버와 스토리지를 소유하고 운영하는 경우도 흔해졌다.

개념을 꽤 오래 전에 한 인터뷰에서 처음 접했다.

당시, 유명한 석학 한 분이 자신의 서재를 언론에 공개한 적이 있었다. 그는 80세가 훌쩍 넘은 나이에도 불구하고 셀 수 없이 많은 자료들을 서재에 아주 체계적으로 정리해 놓았다. 최신형 컴퓨터 몇 대에 상당한 분량의 자료가 저장되어 있었고, 인쇄된 자료와 도서가 차곡차곡 분류되어 있었다. 그분은 집과 사무실, 그리고 별도의 공간 세 군데에 자료를 나눠서 보관하고 있었으며, 언제든 필요하면 찾아볼 수 있도록 늘 정리해 둔다고 했다. 당시에는 생소했던 '스토리지' 서비스를 활용해서 앞으로 이 모든 자료들을 데이터로 보관할 계획이라고 말했다.

그분과의 인터뷰 덕분에 스토리지 서비스를 알게 되어 찾아보았지만, 당시만 해도 국내에는 서비스를 하는 곳이 없었다. 그러나 수년이 지난 지금, 사람들은 스토리지 서비스를 활용하여 자료를 보관하고 있다. 기하급수적으로 늘어나는 인쇄 자료나 영상 자료 등을 보관할 공간이 마땅치 않아서 선택한 방법이다.

특정한 목적 때문에 수집한 자료의 경우, 평균적으로 그 목적을 달성하고 기본 3년에서 5년이 지나면 폐기를 하는 편이다. 공공기관이나 기업의 경우 필요에 따라 자료 보관 연한이 5년 이상에서 영구적으로 보관하기도 하는데, 개인이 수집한 정보는 일정 목적을 달성한 후에는 폐기한다.

다만, 개인적 성향이나 자료의 성격을 고려하여 보관할 경우 적어도 두 가지 이상의 방법으로 나누어 분산하여 보관하는 것을 권한다. 필자는 꼭 필요한 도서이면 두 권을 사서 한 권은 보관용으로 따로 두고, 한 권은 자료로 활용한다. 또 문서 자료는 스토리지와 하드에 각각 나누어 보관을 한다. 사진이나 그림은 스캔본을 따로 저장해 두고, 논문은 제책된 것이 있으면 논문 사이트에서 파일로 다운받아 이중으로 보관하고 정리한다.

주요 자료는 스토리지와 웹 드라이브, 외장하드에 동일 파일을 보관하기도 하며, 주기적으로 업데이트하거나 삭제하고, 백업하며 관리한다. 업무상 자료를 빠르게 찾아 적용해야 하는 경우가 많아서 생긴 습관이지만 이렇게 긴 시간 동안 자료를 정리하다 보면 시간이 지나 희귀해진 자료를 갖게 되기도 하고, 제대로 된 자료를 찾아 활용할 수 있어서 습관만 들이면 무척 편리하다.

자료가 너무 방대해서 공간이 부족한 게 고민이라면 도서의 경우 이북과 파일본으로 대체하고, 종이책은 처분하는 것도 방법이다. 필자도 이 방법으로 가지고 있던 책의 1/10을 정리하고 이를 유지하고 있다.

자료와 정보 사이

아무리 좋은 자료라도 제대로 꿰지 않으면 정보로써의 힘을 갖지 못한다.

가지고 있는 소스는 너무 많은데 그걸 어떻게 활용해야

하는지 모르는 사람들이 꽤 많다. 이야기를 나눠 보면 알고 있는 것도 많고 툭 치면 나오는 게 대하 소설급이고, 자다가 물어봐도 인공지능 저리 가라 대답을 잘하는 사람인데, 그걸 전혀 활용하지 못하는 것이다. 하다못해 개인 블로그라도 운영하거나 책을 쓰고 영상을 만들어 정리해서 내놓으면 그게 쌓여서 자료가 되고 그 자료가 연결되어 정보가 되는데 그게 안 되는 것이다.

이 책을 읽고 있는 여러분도 여기에 속하는 사람이라면, 또 자료를 어떻게 찾아야 할지 모르겠다면 우선 스스로에 대한 자료를 먼저 만들어 보는 것을 권하고 싶다.

목적에 맞는 자료를 찾고 있다면 검색을 순서대로만 해도 어느 정도 할 수 있다. 가끔은 자료를 찾다 보면 목적이 나올 것 같아서 무작정 자료를 모아야 할 때가 있다.

예를 들어 신규 사업 아이템을 찾거나, 하고 싶은 일을 찾기 위해 자료를 찾을 때 대체 어디서부터 어떻게 단초를 잡아 시작해야 하는지 막연해진다. 이때 먼저 '나에 대해 자료 찾기'를 통해 그 순서를 잡도록 연습해 보는 것이다.

이렇게 스스로에 대한 것들을 먼저 펼치면 내가 잘하는 것과 못하는 것, 아는 것과 모르는 것 등에 대한 거대한 마인드맵이 그려질 것이다. 이를 분야별 또는 성격별로 묶고 다시 묶은 것에서 파생되는 가지를 그려 나가면 자료의 기본 꼴이 갖춰진다. 여기에서 세부적인 상황을 정리하고 관련 내용을 연결하면 그것이 나에 대한 '정보'가 된다.

모두가 어려워하는 자기 소개서도 '나에 대해 자료 찾기'

로 시작하면 어느 부분을 먼저 얘기해야 하고 어느 부분에 힘을 줘야 하는지 의외로 쉽게 보이기도 한다.

별다른 목적 없이 막연하게 자료를 찾고 있다면 앞에서 제시한 '나에 대해 자료 찾기'를 먼저 해 보자.

09

분야별 자료 활용법

학교 자료 활용할 때

학교에서 활용하는 대부분의 자료는 학습에 관한 것이다. 특히 논문이나 학술 자료에 관련된 것이 많은데 이들 자료를 활용할 때 가장 중요한 것은 출처를 밝히는 일이다. 이때 활용되는 자료는 크게 1차 자료와 2차 자료로 구분한다.

1차 자료는 일반적으로 인문과학 분야에서 이용되는 자료이다. 사람과 그 활동, 행동 양식이 중심이 되는 자료이다. 때문에 인터뷰, 설문, 사진, 녹취, 개인 기록(일기나 유언장, 메모 등) 등이 가장 기본적인 1차 자료에 속한다. 사회과학 분야에서는 통계 자료가 가장 대표적인 1차 자료이다.

2차 자료는 이들 1차 자료를 활용해서 발표된 논문, 학술 자료, 도서 등에 가공되고 완결되어 발표된 자료를 의미한다. 이들 2차 자료는 1차 자료에 비해 활용하기가 좀 수월하지만, 본인이 직접 활용하기 위해서는 검토와 검증을 통해 거르는 과정이 반드시 필요하다.

2차 자료를 활용할 때는 자신과 비슷한 논점을 가진 자료를 활용하고 자신의 주장을 보완하는 데 쓰기도 하지만, 완전히 다른 관점과 방법론을 가지고 와서 비교의 대상으로 삼기도 한다.

만약 찾은 자료가 1차 자료인지 2차 자료인지 구분하기가 어렵다면, 그 자료의 형태를 보고 결정할 것이 아니라 연구 대상을 보면 구분하기가 쉽다. 자료가 어떠한 사조에 대한 것이고 그 사조를 주창한 사람들에 대한 자료가 있다면 사조 자체에 대한 것은 1차 자료로 볼 수 있다. 사조를 주창한 사람들에 대해 연구한 자료들은 2차 자료로 구분할 수 있다.

여기서 주의할 점은 번역물은 연구 대상에 관계없이 1차 자료가 아니라는 점이다. 번역은 언어를 변화하는 과정에서 번역가의 의도가 들어가는 일종의 창작 행위이기 때문에 번역물은 정확하게 말해서 2차 자료로 분류된다. 같은 의미로 다이제스트(핵심만 뽑아서 간추려 쓴 도서) 역시 1차 자료에 속하지 않는다. 때문에 논문을 준비하고 있다면, 다이제스트 도서는 될 수 한 배제하고 원래 도서를 활용해야 한다. 다이제스트 도서가 번역판이라면 더더욱 그렇다. 번역만으로도 이미 2차 자료인데 이를 다시 간추린 도서는 제대로 된 자료의 역할을 하기가 힘들다.

1차 자료 역시 활용 전에 검토해야 할 부분이 있다. 바로 정확한 출처이다. 역사에 관한 자료들은 원자료가 빠짐없이 남아 있거나 정확하게 남아 있는 것을 찾기가 대단히 어렵다. 토기에 새겨진 글자를 지금 완벽하게 해석할 수 없는 것처럼, 일부 자료가 남아 있다 하더라도 이를 해석하기가 어려워 자료로 활용할 수 없는 것도 많다.

　　게다가 시대가 변해 사조가 바뀌면서 기존에 정설로 내려왔던 자료들이 거짓으로 판명되고 새롭게 발견된 자료를 중심으로 재정비되기도 한다. 이때 주의할 점은 자신이 찾은 자료가 원래 내용인지 후대에 바뀐 내용인지 판단하는 것이다. 때문에 문헌의 원저자, 편찬자, 연대, 원본 확인 등 그 출처를 정확하게 파악하는 것이 중요하다.

회사 자료 활용할 때

　　회사에서는 대부분 업무에 필요한 자료를 수집한다. 학교에서 수집하는 것과 마찬가지로 출처가 중요하다. 이때 더욱 주의를 기울여야 하는 것은 인터넷에 떠도는 자료를 함부로 신뢰하면 안 된다는 점이다.

　　대부분 누군가가 만들어 둔 그래프나 수치, 혹은 앞뒤 설명이 필요한 이미지 자료들을 출처 없이 가져와 필요한 부분을 끼워 넣는 경우가 많다. 이때 가장 큰 문제는 신뢰성의 여부이고, 두 번째는 저작권 침해 부분이다.

내부적으로 공유되는 자료이기 때문에 크게 신경 쓰지 않는다 하더라고, 이미 '자료'로 구성한 2차 자료로써의 성격을 갖기 때문에 처음부터 제대로 된 1차 자료를 찾는 것이 중요하다.

이 경우 대부분 신문 기사, 뉴스, 통계 데이터 등을 활용하는 것이 좋으며, 출처와 인용 시기를 반드시 표시해야 추후 통계가 바뀌었을 때 적절하게 적용할 수 있다.

자료를 보관하는 것 역시 수집만큼이나 중요하다. 회사마다 조금씩 차이는 있지만 대부분의 회사는 아직도 하드 카피본을 파일로 정리하여 일정 기간 동안 보관한다. 이때는 정해진 정리 방식을 정확하게 따라야 다른 사람들과 자료를 함께 활용하는 데 불편함이 없다.

10

자료에 대한 권리 찾기

내가 쓴 글, 내가 찍은 사진이 어느 날?

우리는 늘 자료를 찾는 사람일까? 보통은 주로 자료를 찾는 입장이 많지만, 반드시 그렇지는 않다. 내가 쓴 글, 내가 찍은 사진, 내가 만든 영상도 누군가에게 귀중한 자료가 될 수 있다. 다만 그 자료가 영향력을 가지려면 제대로 된 형식을 갖추어 정식으로 퍼블리싱이 되어야 한다. 도서로 출판이 되거나 논문으로 발표가 되거나 저작권 있는 저작물의 형태로 노출이 되어야 자료로써 인정을 받는다.

특히 지금처럼 웹상에서 자료가 아무렇지도 않게 퍼지는 세상에서는 자료를 쉽게 구하는 만큼, 우리가 만든 자료도 쉽게 퍼질 수밖에 없다. 대가 없이 누구나 사용해도 된다면 괜찮지만, 만약 저작권에 대한 권리, 정보에 대한 책임, 자료에 대한 소유권을 주장하고 싶다면 공유를 하거나 어딘가에 공개하기 전에 저작권부터 신경을 써야 한다.

이럴 때는 사진이나 영상에 워터 마크를 넣고, 문서 자료는 복사나 다운로드를 할 수 없는 방식으로 관리해야 한다. 이렇게 자신의 자료를 공개하기 전에 미리 관리할 수 있게끔 조치를 취해 두어야 나중에 허락 없이 퍼져 나갔을 때 적절한 절차를 밟을 수 있다.

자료가 돈이 되는 시대

이미지를 사고파는 전문 사이트에서는 다양한 이미지를 '자료'로 취급한다. 즉 이미지가 필요한 사람들이 특정 사이트에 돈을 지불하고 이미지를 구매하는 것으로 수익을 창출하는데, 이때 그들이 파는 다양한 이미지 자료를 제공하는 사람들은 각양각색의 사람들이다.

전문 사진작가가 찍은 이미지부터 일반인이 여행지에서 찍은 사진도 제공 계약과 조건에 따라 자료로 활용할 수 있다. 만약 취미삼아 틈틈이 찍어 둔 다양한 사진 자료가 있다면 이런 이미지 판매 사이트에 작가로 등록해 보는 것도 해 볼 만하다. 한 장이 팔리더라도 자신의 자료가 재화를 창출해 내는 경험을 할 수 있으니 말이다.

이는 글이나 영상도 마찬가지이다. 개개인의 글과 정보, 자료를 읽은 사람들이 비용을 지불하는 형식으로 돈을 벌

수 있게끔 만들어 놓은 사이트도 있다. 또한 독자가 마음에 드는 기사에 후원금을 내는 형식으로 운영되는 언론사도 있다.

개인이 갖고 있는 자료와 정보가 실제적으로 거래되는 것이다. 만약 본인이 가지고 있는 자료가 남들이 비용을 지불하고 쓸 만큼 가치가 있는 것이라면 이 역시도 비용 창출이 가능하니, 갖고 있는 자료의 가치를 잘 판단해서 이를 활용해 보자.

모든 사실의 시작, 자료

레오나르도 다빈치, 에디슨, 아인슈타인, 스티브 잡스, 정약용….

이들의 공통점은 무엇일까? 바로 자료를 수집하고 활용하는 데 열심이었다는 점이다.

레오나르도 다빈치는 익히 알려진 것처럼 글, 그림, 건축, 과학 등에 지대한 공로를 남긴 예술가이자 과학자이다. 생전에 그가 모은 자료와 그 자료를 기반으로 도출해 낸 결과물들을 보면 지금도 놀랍기가 이루 말할 수 없을 정도이다. 10만 점이 넘는 그림에는 정말 온갖 자료들이 보물처럼 숨어 있다.

에디슨은 길을 다니다가도 자료를 수시로 수집했던 것으로 유명하다. 그가 남긴 3,000권이 넘는 노트에서는 다양한 분야의 자료와 그 자료를 통해 발전한 발명 아이디어들이

가득하다. 그가 만들어 낸 수많은 발명품들은 닥치는 대로 수집하고 모았던 자료들이 서로 뭉치고 연결되어 이룬 결과물이라고 할 수 있다.

아인슈타인 역시 수많은 자료에서 핵심적인 진리를 찾아낸 사람이다. 그가 생전에 쓰던 책상 사진을 보면 정말 빈자리가 없을 정도로 자료들이 빼곡하게 쌓여 있다. 그는 책과 메모, 노트가 수북이 쌓인 그곳에서 자신만이 알고 있는 분류법과 법칙으로 자료를 모으고 나누며, 그 안에서 연구 결과들을 도출해 냈을 것이다. 누군가가 그에게 책상이 어지러우면 정신없지 않느냐고 질문하자, 그가 되물었다고 한다.

"어지러운 책상이 어지러운 정신을 말하는 것이면 빈 책상은 무슨 의미입니까?"

스티브 잡스 역시 자료의 중요성을 잘 알고 있었다. 그를 움직인 것은 8할이 창의성이었고, 그 8할을 만든 것이 대부분 자료였다. 그의 초창기 사무실은 벽에 덕지덕지 붙은 메모지와 각종 신문에서 오린 자료들로 빼곡했다고 한다.

일본 애니메이션의 한 획을 그은 미야자키 하야오도 유명한 자료광이다. 한 작품을 위해 기울이는 그의 세세한 노력은 그가 모은 자료의 분량에서 고스란히 드러난다. 실제 존재하는 장소가 배경이 될 경우 그 배경에 관한 그림과 사진 자료만 수백 장을 모으고, 세계관과 주인공에 관한 자료 역시 상상할 수 없을 정도로 많이 수집한다. 일본 도쿄 미타카라는 지역에는 그가 모은 자료의 일부를 전시해 놓은 박물관이 있을 정도이다.

특이한 구조물을 만들기로 유명한 안도 타다오라는 건축가 역시 책상 사진을 보면 빈 자리가 거의 없게 자료가 차고 넘친다. 특히 사진 자료가 많은데, 건축에만 한정되지 않은 다양한 사진 자료를 통해 건축에 영감을 얻고 자료로도 활용하고 있다고 한다.

유배지에서 600권이 넘는 책을 썼던 다산 정약용 역시 늘 필기구를 지니고 다니면서 자료를 수집하는 데 열심이었다. 물론 수집한 자료를 분류하고 정리하는 것 역시 능숙했을 것이 분명하다. 그의 수많은 저술이 굉장히 넓은 범위 안에서 이루어졌기 때문이다. 정치에서부터 의학, 철학, 지리에 이르기까지 분야를 가리지 않는 그의 저술은 이러한 자료 수집에 근거한 바가 크지 않았을까.

역사 속의 인물들, 그리고 지금까지 활발히 활동하고 있는 인물들까지 이들은 모두 일상 속에서 다양한 자료를 꾸준히 '모으고' '잇고' '발전시켜' 자신의 전문 분야로 승화시킨 사람들이다. 이처럼 자료는 단순한 사실의 모음이나 근거로써의 역할뿐 아니라, 좋은 정보로 다시 태어나고, 더 큰 흐름을 만드는 근거 자료가 된다.

좋은 자료는, '모든 사실의 시작'이다.